JN210894

龍の禍福、Dr.の奔放

樹生かなめ

white heart

講談社X文庫

目次

橘高正宗
【きったか まさむね】
清和の養父。
眞鍋組顧問。
祐
【たすく】
眞鍋組の参謀。
安部の息子のような存在。
安部信一郎
【あべ しんいちろう】
正宗の右腕であり舎弟頭。
眞鍋組組員の信望が厚い。
橘高典子
【きったか のりこ】
清和の養母。
リキ
清和の右腕。
眞鍋の虎と呼ばれる。
橘高清和
【きったか せいわ】
眞鍋組二代目組長。
氷川の恋人。
氷川
氷川諒一
【ひかわ りょういち】
清和の恋人。
明和病院に勤める
美貌の内科医。
人物紹介

京介
【きょうすけ】
ホストクラブ・ジュリアスの人気ホスト。ショウの幼馴染み。
サメ
眞鍋組の諜報部隊トップ。
ショウ
清和の舎弟。眞鍋組の特攻隊長。
吾郎
【ごろう】
清和の舎弟。
卓
【すぐる】
清和の舎弟。箱根の旧家出身。
宇治
【うじ】
清和の舎弟。
信司
【しんじ】
清和の舎弟。摩訶不思議の信司と呼ばれる。

イラストレーション／奈良《なら》千春《ちはる》

龍《りゅう》の禍福《かふく》、Ｄｒ.《ドクター》の奔放《ほんぽう》

1

愛《いと》しい男が支配する不夜城と和歌山県の山奥はまったく違う。夜の静寂《しじま》に響き渡るのは、風の音と野生動物の鳴き声だ。

古い日本家屋を揺らす風音に紛れ、氷川《ひかわ》の嬌声《きょうせい》が迸《ほとばし》る。黒目がちな目は涙で潤み、白い頰《ほお》は薔薇色《ばらいろ》に染まり、ほっそりとした腰は愛しい男を煽《あお》るように淫《みだ》らにくねっていた。氷川の全身が恍惚感《こうこつかん》に身悶《みもだ》えている。

久しぶりの性行為だから、氷川の秘部はきつくなり、清和《せいわ》を受け入れるのは難しくなっているかと思った。けれど、それは杞憂《きゆう》だった。久しぶりだからこそ、氷川の身体《からだ》は未《いま》だかつてないぐらい熱くなったのかもしれない。

廊下には氷川が身につけていたパジャマとともに、どちらが放ったものかわからないものが飛び散っている。

愛しい男の情熱を久しぶりに受け止めたせいか、氷川の理性はどこかに飛んでしまった。すでにどうして自分が和歌山の山奥にいるのかわからない。いや、自分がどこにいるのかさえわからない。ただただ命より大切な男が愛しい。

もっと深く愛しい男を感じたい。

もっともっと強く可愛《かわい》い男を愛したい。

もっともっともっと、と氷川はかけがえのない男に縋《すが》りついた。

何よりも大事な男、橘高《きったか》清和を誰にも譲る気はない。どこかの誰かと共有するつもりもない。清和は氷川だけの可愛い男だ。

氷川が清和に溺《おぼ》れているように、清和も氷川に溺れている。詳しく言えば、氷川以上に若い男は溺れ切っている。清和は黒いスーツを身につけたまま、携帯電話の着信音が執拗《しつよう》に鳴っても、行為を止めようとはしない。ふたりの身体は熱くなるばかりで、さらなる快感を貪欲《どんよく》に追い求めていた。

今の氷川は名門と名高い清水谷《しみずたに》学園大学の医局員ではないし、今の清和は屈強な男たちを従える指定暴力団・眞鍋《まなべ》組の二代目組長でもない。まさしく、獰猛《どうもう》な獣そのものだ。

氷川と清和はほぼ同時に頂点を極めたが、お互いがお互いの身体から離れようとはしなかった。

だが、古い戸の向こう側から漏れてくる卓《すぐる》の悲鳴にも似た声に、ようやく清和は自分を取り戻した。

清和は名残惜《なごりお》しそうに氷川の身体から出ていく。

氷川の身体は清和の分身を失った寂しさに悲鳴を上げた。とろけきった肉壁は開いたまま、慎ましく口を閉じようとはしない。氷川の白い腕は知《し》らず識《し》らずのうちに清和の身体を留めた。

「……清和くん……出ていっちゃ駄目……」

これ以上ないという氷川の媚態《びたい》に、若い男が抗《あらが》えるわけがない。再び、清和は氷川のなめらかな肌に顔を埋《うず》めた。

『二代目、お楽しみのところ申し訳ありません。非常事態です。姐《あね》さんから離れてください。お願いですから姐さんを離してください』

ドンドンドンドンドンドンドン、と卓が戸を激しく叩《たた》きながら早口で捲《ま》くし立《た》てている。だいぶ焦っているようだ。

「卓、どうした?」

清和は氷川の身体を抱いたまま、戸の向こう側にいる卓に尋ねた。

『家の周りを取り囲まれています』

若くして不夜城に君臨する清和には敵が多い。清和がそうであるように、氷川も一瞬にして正気に戻った。

何しろ、氷川が現れるまで姐候補として遇されていた京子《きょうこ》の復讐劇《ふくしゅうげき》にも似た戦争の後始末に、手こずっている最中だからだ。清和は実父から図らずも引き継いだ二代目組長の座を奪われ、京子の操り人形だった加藤正士《かとうまさし》が三代目組長を名乗ったから複雑だった。清和が不利な戦いを制し、暴力的な手段で眞鍋組のシマからほかの組織を排除したが、今でもあちこちに火種は燻《くすぶ》っているという。本来ならば清和には氷川を訪ねて和歌山にやってくる時間はない。

京子の関係者たちか、名取《なとり》グループ会長の跡取り息子の関係者たちか、昔から因縁のある浜松《はままつ》組か六郷会《ろくごうかい》か、関西を拠点としている長江《ながえ》組か、タイ・マフィアのルアンガイか、台湾《たいわん》系のマフィアか韓国《かんこく》系のマフィアかコロンビア系のマフィアかナイジェリア系のマフィアか、かつて清和が破門した構成員たちか、素人《しろうと》の氷川でさえ清和を狙《ねら》う輩《やから》の心当たりがたくさんある。

「どこの奴らだ？」

清和は氷川の裸体の誘惑を断ち切り、戸の向こう側にいる卓に問う。氷川も清和からそそくさと離れ、廊下に投げ捨てられたパジャマに手を伸ばした。改めて見れば、生々しい情事の残骸《ざんがい》に羞恥心《しゅうちしん》が込み上げてくる。

『ご近所の住人です』

予想だにしていなかった返答に、清和の凛々《りり》しい眉《まゆ》が顰《ひそ》められた。

「……なんだと？」

常日頃、清和の表情は乏しいし、声音にも感情は出ないが、思い切り動揺したようだ。上半身が派手に揺れる。こんな夜中に、どうして近所の住人に囲まれているのか、まったく見当がつかないのだろう。

氷川も驚愕《きょうがく》のあまり声を上げそうになったが、すんでのところで堪《こら》え、パジャマでキスマークがべったりとついた身体を覆った。

『二代目とリキさんを見たご近所の住人はびっくりしたんでしょう。二代目とリキさんを池の祟《たた》り……えっと、地獄からの使者だと思ったようです』

卓は若手構成員の中では頭脳派に分類され、清和の右腕であるリキや眞鍋組で一番汚いシナリオを書く祐《たすく》にも認められている。しかし、卓の言葉はいつになく要領を得ない。けれど、氷川にはそれでわかった。

近くには若い女に夢中になった夫に捨てられた妻が身を投げたという池がある。草木も眠る丑《うし》三つ時、元妻は池から出ては、自分を捨てた夫のもとへ通ったという伝説があった。

平均年齢が八十五歳という過疎の地では、時に都会では信じられないことが勃発《ぼっぱつ》する。氷川にしても、何かにつけて『池の祟り』と騒ぎ立てる患者たちに辟易《へきえき》したものだ。おそらく、清和とリキの尋常ならざる迫力に、近所の住人は衝撃を受けたのだろう。池の祟りならぬ地獄からの使者と思ったのに違いない。

氷川から見れば可愛くてたまらない男だが、善良な一般人の目には恐怖の対象だ。清和だけでなくリキまでいればさらに恐怖は増大する。

怖かったんだろうな、と氷川は近所の純朴な住人に同情してしまった。怖がらせてごめんなさい、と心の中で詫《わ》びを入れた。

「卓、信司《しんじ》でもあるまいし」

俺にわかるように話せ、と清和は摩訶不思議《まかふしぎ》の冠を被る若手構成員の信司を引き合いに出した。

『信司と同列に並べられるのは心外ですが……ああ、もうこんなことを言っている場合じゃありません。さっさと姐さんから離れてください。誰が乗り込んできてもいいようにしてください』

卓が言い終わるや否《いな》や、どこからともなくしゃがれた老人の声が風に乗って聞こえてきた。

『池の祟りかぇ？　池に沈んだ奥さんのお使いなんかぁ？　氷川先生を連れていかんでけぇ。氷川先生はほんまにええ先生なんや』

氷川は高血圧の薬を処方している老患者の声だとわかったが、清和の目は未知との遭遇によって宙に浮いている。

『氷川先生はこげな田舎に来てくれた親切なお医者さんなんや。氷川先生のおかげでわしらは助かったんや。氷川先生がおらへんかったら、わしらはみんな死んでたわしよ。わしの娘が戻ってきてくさってわしの年金で暮らしちゃうからまだわしは死なれへんのや』

腎臓《じんぞう》の悪い患者の後には、肝臓の悪い患者の声が続いた。

『なんで氷川先生を連れていくんやしよう？　氷川先生はなんも悪いことはしてへんで』

　氷川は望んで東京の明和《めいわ》病院から和歌山の丸不二川田《まるふじかわだ》病院に移ったわけではない。清水谷学園大学医学部の医局員である以上、避けられなかった道だが、騙《だま》し討《う》ちのような形で、指導教授の命令により医師不足に苦しんでいた丸不二川田病院にやってきた。氷川を電車も通っていない僻地《へきち》に連れてきたのは、かつて神の手を持つと絶賛されていた外科医の丸不二川田院長だ。

『そうや。崇られれんのは丸不二川田病院の院長先生の意地悪な若い奥さんやろ。意地悪な奥さんはピンピンしちゃうで……離婚しちゃうから奥さんちゃうけど……せやさかい、崇る相手を間違えちゃうで』

　少し前まで丸不二川田院長はひたすら勤勉で高潔な名外科医だったが、接待で行った難波《なんば》のキャバクラで愛里《あいり》というキャバクラ嬢に耽溺《たんでき》した。どうも、丸不二川田院長の財産に愛里が食らいついた気配がある。

　池の伝説と同じように、丸不二川田院長は糟糠《そうこう》の妻を捨て、跡取り息子より若い愛里と再婚した。その結果、丸不二川田院長は跡取り息子に見限られたし、丸不二川田病院の医師や看護師など、スタッフがいっせいに辞めてしまったのだ。

　氷川が赴任してきた時、丸不二川田病院は医療機関としての機能を果たしているとは言いがたい状態だった。

信心深い老人によれば、丸不二川田院長が若い愛里に血迷って糟糠の妻を捨てたのも池の祟りが原因だ。丸不二川田病院から真面目《まじめ》な医療スタッフが去ってしまったことも池の祟りのせいである。

『ええ奥さんを捨てて、若いおなごを嫁にした院長先生は医者ができへんようになっちゃうで。池の祟りやろ。報いを受けちゃうで』

愛里は丸不二川田院長のためにせっせと手料理を並べたが、塩分も脂肪もたっぷりの高カロリー食ばかりだった。若い愛里ならいざ知らず、丸不二川田院長の年齢に適した食事ではない。氷川が危惧《きぐ》した通り、丸不二川田院長は脳梗塞《のうこうそく》を起こして救急車で運ばれることになった。丸不二川田院長が外科医として執刀することはこの先二度とないだろう。

愛里は丸不二川田院長に付き添うどころかさっさと見切りをつけると、めぼしい財産を掠《かす》め取《と》ってから離婚した。

想定外の出来事が起こるのは世の常だと、氷川はつくづく思い知った。氷川にしても、かつておむつを替えた二歳児と愛し合うことになるとは、予想だにしていなかったのだから。

『祟るんやったら、氷川先生やのうてあの意地悪なおなごやで。あの意地悪なおなごを祟っちゃれよう。氷川先生を連れていかんとってや』

どの老人も愛里には悪い印象しか抱いていない。丸不二川田院長の糟糠の妻である律子《りつこ》がいい看護師長だったこともあるが、愛里の振る舞いには問題がありすぎたのだ。愛里が連れてきた丸不二川田病院のスタッフはひどいなんてものではなかった。

『おら、こげなとこでうだうだ言うててもあかんやろ。みんなで乗り込むで』

旧大日本帝国海軍の元軍人が先頭に立ち、玄関のドアを開けようとした。もちろん、鍵《かぎ》はかけられたままだ。

古い戸の向こう側から卓の掠れた悲鳴の後、清和の右腕ともいうべきリキの低い声が聞こえてきた。

二代目、こちらに、と。

清和はリキの指示に従い、古い戸の向こう側に隠れる。

氷川も善良な住人たちに、清和とリキを上手《うま》く説明する自信がなかった。清和とリキを至近距離で見たら、心臓の悪い老人や高血圧の老人は危険だ。

『そやな、もうわしゃいつお迎えが来てもええ。氷川先生を連れていくならわしを連れていってけぇ』

従軍経験のある老人たちが、玄関のドアを叩き壊そうとしている。氷川は慌てて、玄関のドアを開けた。

「みなさん、落ち着いてください」

氷川は毅然《きぜん》とした態度で集まった老人たちに接しようとした。だが、その光景を目《ま》の当《あ》

GOOP

たりにして顎《あご》を外しそうになった。

老人たちはそれぞれ草刈《くさか》り鎌《がま》や鍬《くわ》、斧《おの》などの武器を手に持ち、いきり立っているのだ。老婆《ろうば》は松明《たいまつ》ではなく懐中電灯を持っていたが、氷川は農民一揆《のうみんいっき》のシーンを見ているような錯覚に陥《おちい》った。

「氷川先生、無事かえ？　助けに来ちゃったで」

「氷川先生を地獄の使者に渡したりせえへんで」

「池のお使いはどこにおるんや？」

元大日本帝国の海軍軍人が持っているのは、亡《な》き曾祖父《そうそふ》が主筋から授けられたという日本刀だ。

「みなさん、落ち着いてください。僕のところに地獄の使者なんて来ていません」

氷川は必死になって自分を取り戻し、殺気だっている老人たちに優しく語りかけた。清和やリキは老人たちが凶器を振り回しても争わないはずだ。

「うんにゃ、氷川先生の家に黒ずくめのおっちい男が入っていったで。わしは歯も耳も悪いが目はええんや」

老人が口にする『おっちい』の意味は『怖い』だ。どうやら、清和は氷川が暮らしているこの家に堂々と入ってきたらしい。

「そや、おっちい男は黒くておとろしほど大きい車から降りてきちゃったんよう。今は地獄からのお使いも車に乗るんやな」

「わしは九十二年生きてきて、あんなおっちい男を見たことがないんや。あんなおっちい男なら可愛い氷川先生なんてひとのみや」

老人たちは清和とリキの迫力満点の容姿に肝を冷やしたらしい。ネオンの洪水に彩られた都会でも、清和とリキが並んでいたら人目を引く。人間より野生動物のほうが多いこの土地ならば、人外に誤解されてもおかしくはない。

どうして誰にも見つからないようにしなかったの、と氷川は心の中で眞鍋が誇る龍虎《りゅうこ》コンビを罵《ののし》った。

「みなさん、そんな心配は無用です。僕はこの通り無事です。安心してください」

氷川はにっこりと微笑《ほほえ》んだが、老人たちは納得しなかった。彼らは彼らなりに都会から赴任してきた医師を思い、案じているのだ。

「氷川先生、上がらせてもらうで。お祓《はら》いをしたほうがええんかな」

「八幡《はちまん》さんの宮司《ぐうじ》さんを呼んできちゃらよう」

どうしたら老人たちの誤解が解けるのか、氷川は懸命に頭を働かせたが、医師としての使命感が勝ってしまう。

「そんなことより、みなさん、こんな寒い夜に出歩いてはいけません。暖かい部屋から出てきて何ともありませんか？　冬になると温度の急激な変化に身体が対応できずに命を落とスケースが増えています」

ヒートショックって聞いたことがありませんか、と氷川は真剣な目で集まった老人たちに訴えた。

「氷川先生、おおきによう。ほんまに優しい先生やな。わしらは先生を守るけ、安心してけぇ」

シベリア抑留を体験した老人は笑みを浮かべ、氷川の手をぎゅっと握った。

「いや、ですからね」

老人たちに声を荒らげてはいけないが、このままでは家に乗り込まれる。清和とリキはすでに逃げただろうか。これが諜報部隊《ちょうほうぶたい》を率いるサメや俊敏なショウならば、安心して老人たちを招き入れられるのだが。

「氷川先生、地獄のお使いやからどうかと思うたけど、おまわりさんも呼ぶけぇ」

氷川の焦燥感がピークに達した時、卓がひょっこりと顔を出した。彼の背後には清和とリキがいる。

「……おら？　卓ちゃん？　どないしたんや？」

以前、卓はショウとともに、名古屋の出張に出ていったきり戻らない氷川を連れ戻す使命を受け、和歌山へ送り込まれてきた。

言わずもがな、氷川にとって卓やショウは人手不足の丸不二川田病院に授けられたスタッフだ。

　卓は丸不二川田病院の雑務スタッフとして働き、患者たちから絶大な信頼を寄せられた。今でも旧士族出身の上品な老婆と毎日、連絡を取り合っているはずだ。

「おら？　おらおらおらおらおら？　卓ちゃんの後ろに地獄のお使いがいるわしょう」

　卓の背後にいる清和とリキは廊下に正座をしている。自分たちに視線が集中すると、ふたりは揃《そろ》って廊下に手をついて頭を下げた。

「卓ちゃん、逃げるんや。助けちゃるさかい」

　神妙な龍虎コンビの姿を正面から見ても、老人たちの恐怖心は消えない。

「ああ、ああ、俺の話を聞いてくれよう。この大きくて怖いお兄さんふたりは氷川先生の親戚《しんせき》なんだよ」

　卓が清和とリキを指で差しながら大声で言うと、老人たちの間からどよめきが起こった。

「おら？　氷川先生の親戚には池のお使いがおったんかい？」

「おらおらおらおらおらおら？　氷川先生は地獄に親戚がおるんかい？　そりゃ、わしにも地獄に落ちてもおかしゅうない親戚はおるわしょう」

　付近の老人たちにとって、あくまで眞鍋が誇る龍虎コンビは地獄からの使者なのだ。氷川は唖然《あぜん》としたが、卓は笑いながら手を振った。

「地獄からの使者じゃない。人間だよ。会社の社長と重役で、俺の上司に当たる」

卓の説明はあながち外れてはいない。清和は眞鍋組を犯罪組織にはしないと誓い、正規の事業を展開していた。

「会社の社長？　なんの会社や？　高利貸か？」

眞鍋が誇る龍虎コンビから、真っ先に連想される会社は高利貸のようだ。氷川にもその気持ちはよくわかる。

「株や相場関係の会社だよ。不動産や建設業にも進出している。地獄からの使者じゃないから安心してくれよ」

「そんな社長がなんでこげな田舎に？」

「誰か聞いていないかな？　氷川先生は名古屋への一泊二日の出張で家を出たんだ。なのに、騙されて丸不二川田病院に来たんだ。それ以来、氷川先生は一度も帰ってこない。氷川先生の親戚が心配するのも当然だろう？」

卓が明瞭《めいりょう》な声で訴えるように言うと、老人たちはそれぞれ納得したように頷《うなず》いた。

「そやな、氷川先生は丸不二川田院長に騙されてここに連れてこられたと、ショウちゃんが叫んでいたわしよう」

眞鍋組の若い精鋭たちは、丸不二川田病院でただ単に患者の世話をしていたわけではなかった。二代目姐を連れ戻せ、という当初の目的のため、それなりに活動していたらしい。氷川は今さらながらに眞鍋組の精鋭たちの働きに感心した。

「わしゃ、吾郎《ごろう》ちゃんから聞いちゃうで。氷川先生はわしらのために、ここに残っているとも聞いちゃうで」

「氷川先生、おおきによう。ほんまにおおきによう」

　ご近所の老人たちは武器を手放すと、氷川に向かって拝み始めた。氷川が生き仏になるのは初めてではないが、だからといって慣れるものではない。

　清和とリキは無言のまま、廊下で頭を下げ続けている。昔気質《むかしかたぎ》の極道の薫陶を受けた影響は大きい。

「だから、みなさんは安心してくださいね」

　卓が仕上げとばかりに声を張り上げた時、老人の集団の後ろから上品な老婆が現れた。卓を実の孫のように可愛がっていた中畑八重《なかはたやえ》だ。

「卓ちゃん、卓ちゃんやね？　キツネが化けた卓ちゃんちゃうね？」

　池の祟りと同様、老人たちは異変をキツネとタヌキで片づけるフシがある。氷川も感化されたわけではないが、清和を見た時、キツネかタヌキが化けたのかと思ってしまった。

「八重お婆ちゃん、俺はキツネでもタヌキでもないよ」

　卓は屈託のない笑顔を浮かべ、涙ぐむ八重を抱き締めた。傍目《はため》には仲のいい祖母と孫にしか見えない。

「今夜、来てくれるんなら連絡をくれたらええのに。待ってたのに」

「もう遅いし、寝ていると思ったから連絡を入れなかったんだ。うちの社長は忙しくて、こんな時間になっちゃって」

「卓ちゃん、よう顔を見せてや」

八重と卓の涙の再会に、近所の住人たちの目も赤くなる。氷川の目頭も熱くなったが、浸っている場合ではない。

「みなさん、このままでは風邪をひきます。風邪をこじらせて肺炎になったら怖いんですよ。一刻も早くおうちに帰ってください」

氷川が幕引きとして言い放つと、玄関口に集まっていた近所の住人たちは就寝の挨拶《あいさつ》をしながら去っていった。

もっとも、八重は卓に抱きついたまま、離れようとしない。卓にしても八重を帰せないのだろう。

「卓くん、八重さんを送ってあげて……今夜はそのまま八重さんのところに泊めてもらいなさい」

氷川の優しい思いやりに卓の目が潤んだ。清和とリキも口を挟まず、卓は一礼してから八重とともに出ていく。

丸不二川田病院から住居として与えられた日本家屋にようやく静寂が戻った。清和は仏《ぶつ》頂面《ちょうづら》で立ち上がり、リキは礼儀正しく氷川に頭を下げる。凄《すご》みのあるふたりがこうして並んでいると、趣のある空間に紛れ込んだ地獄の使者に見えないこともない。

「さて、地獄の使者よ。これ以上、騒動が起きないうちに東京にお帰り」

氷川が諭すように言うと、清和の切れ上がった眦《まなじり》がきゅっときつくなった。

「……おい」

「入院中の患者さんが清和くんとリキくんを見たら容態が悪化すると思う。患者さんの血管が危ない。カタギさんに迷惑をかけちゃ駄目だよ」

氷川が畳みかけるように言うと、清和は言葉に詰まった。清和自身、己の容姿が一般人にどんな印象を与えるか、よく知っている。ただ、地獄の使者に間違えられるとは、夢にも思っていなかったようだ。

「卓くんのおかげで助かったね……」

氷川は途中まで言いかけて、卓のミスを指摘した。

「……ううん、卓くんならこの田舎で清和くんとリキくんがどれだけ悪目立ちするかわかっていたはずだよ。箱根《はこね》で観光客のふりをした時だって清和くんは悪目立ちした」

卓は箱根の旧家出身で本来ならば修羅《しゅら》の世界に身を投じるような男ではない。母が継父に殺害された時、卓は清和やリキとともに復讐のため、箱根に乗り込んだのだ。開放感のある観光地に緊張感を走らせる清和の破壊力は記憶に新しい。

「…………」

清和の表情はこれといって変わらないが、氷川はなんとなくだが心情を読み取ることができる。伊達《だて》に清和のおむつを替えてはいない。

「清和くん、もしかして卓くんから注意されていたの？」

図星だったらしく、清和の周囲の空気がざわめいた。

「…………」

「清和くんは卓くんの注意を無視して、真正面からうちに入ってきたの？」

この様子だと、卓は清和に隠密行動を提案したようだ。グレードの高いメルセデス・ベンツという派手な車ではなく、付近でよく見かける車を勧めた気配もある。それなのに、清和は付近ではまったく見かけない車で堂々と乗りつけ、玄関から入ってきたのだ。

「今夜、連れて帰る」

何がなんでも氷川を連れて帰るつもりだったから、清和は人の目を気にしなかったに違いない。たぶん、ヤクザだと騒がれても構わなかったのだろう。いや、ヤクザだと騒がせようとしたのかもしれない。

「無理だよ」

跡取り息子は戻ってきてくれたし、丸不二川田病院の体制も整ったが、丸不二川田院長は未だ入院中だ。氷川は指導教授への義理により、丸不二川田院長の退院まで丸不二川田病院に留まらなければならない。氷川が清水谷学園大学の医局員である以上、どんな無体な人事であれ、医局の命令を無視することはできなかった。

「俺の女房は誰だ？」

氷川は眞鍋組の二代目姐として扱われている。どんなに極道界が変わっても、男の姐など、前代未聞の珍事なんてものではない。

「僕だよ」

「わかっているなら」

連れて帰るぞ、と清和は氷川の華奢《きゃしゃ》な身体に向かって手を伸ばした。

間一髪、氷川はスルリと躱《かわ》す。何もない僻地暮らしで、身体能力が高くなったような気がしないでもない。

「丸不二川田院長が退院するまで待って」

氷川は逃げるように廊下を早足で進んだが、清和は怒気を漲《みなぎ》らせて追ってくる。

リキは鉄仮面を被ったまま、廊下から動こうとしない。もともと、プライベートにはいっさいタッチしない、と公言している。和歌山に同行はしても、氷川説得に協力する気はないらしい。

「これ以上、待てない」

「浮気しないで待っていて」

浮気してもいいから待っていて、とは口が裂けても氷川は言わない。

「今夜、連れて帰る」

「無理だってわかっているでしょう。卓くんからもそう聞いているはずだよ」

「お前は誰のものだ」

今夜、十歳も年下の亭主に『お前』と呼ばれた。帰らない姉さん女房にかなり鬱憤《うっぷん》が溜《た》まっているのだろう。

「僕は清和くんのものだよ。そんなことも知らなかったの?」

氷川は花が咲いたように微笑んだが、清和は流されてはくれなかった。

「帰るぞ」

「清和くん、いい子だから無理を言わないでね。僕にも立場があるんだ。まだ清水谷の医局から離れる気はない」

氷川は桐《きり》の和簞笥《わだんす》が置かれた六畳間に飛び込んだが、清和は鬼のような形相で追ってくる。

「仕事を辞めろ」

「清和くんに何かあったら僕が清和くんを養わなきゃ駄目なんだよ。もし、万が一、戦争みたいなことが起こってごらん。医師としての腕は必要だ」

大戦を生き抜いてきた老人たちに親身になって接したからか、氷川は以前よりもさらに自身の腕の重要性を認識した。世界的に混沌《こんとん》としたこの時代、平和な日本が焦土と化す可能性はゼロとはいえない。医療機関がない中、清和が体調を崩したり、負傷したりしたら、いったい誰が診《み》るというのだ。野戦病院で一命を取り留めたという老人の言葉が、氷川の胸に強く残っている。

「行くぞ」

埒《らち》が明かないと悟《さと》ったのか、とうとう清和は実力行使に出た。氷川は簡単に清和の腕に搦《から》め捕られてしまう。

「清和くんがヤクザとしての自分を捨てられないように、僕は医者としての自分を捨てられない。医者には……あれ？　違うよ、なんか違うよ、怒っていたのは僕だよ」

氷川は全精力かけて医師としての主義を主張していたが、今さらながらにそもそものことの発端を思いだした。

名古屋の学会参加は計画通り、なんの問題もなくつつがなく終わった。しかし、その夜、氷川は自身の舎弟を名乗る桐嶋元紀《きりしまもとき》から由々しきことを聞いたのだ。『カズがフリーの殺し屋に狙われた。依頼主は姐さんのダーリンやろな』と。

「……怒っていたのは僕だよ。僕の信用を失ったのは清和くんだよ。どうして清和くんは藤堂《とうどう》さんにヒットマン……フリーの殺し屋を送り込んだの？」

それも自殺に見せかけて殺そうとするなんて、と氷川はヒステリックな声で捲くし立てた。

「帰る」

清和は感情が顔に出ないように自制しているが、氷川には感覚でわかった。清和は本当に軽井沢《かるいざわ》の別荘にいた藤堂にフリーの殺し屋を送り込んだのだ。

「清和くん、誤魔化《ごまか》されないよ。清和くんは藤堂さんを許したはずだよ。藤堂さんは橘高さんと一緒に貿易会社を興す予定になっていたでしょう」

藤堂が藤堂組の組長として泳ぎ回っていた頃、清和は幾度となく煮え湯を飲まされた。清和にとって藤堂は宿敵ともいうべき存在であり、卓やショウといった構成員たちも目の仇《かたき》にしている。けれど、清和は極道としての藤堂との戦争に勝利を収めたのだ。氷川が問答無用の荒業で藤堂を引退させ、桐嶋が収拾をつけるような形で桐嶋組の看板を掲げることになった。そんな遠い過去の話ではない。

「いい加減にしろ」

清和は威嚇するように凄み、氷川のほっそりとした腰を乱暴に抱き寄せた。

「いい加減にするのは清和くんだよ。藤堂さんに手を出したら桐嶋さんは黙っていないよ。清和くんは桐嶋さんとも争う気なの？」

紆余曲折《うよきょくせつ》あったが、清和と藤堂は過去を清算したはずだ。もともと、桐嶋とはいい関係を築いていたが、藤堂との手打ちによってさらなる絆《きずな》が再構築されたと思っていた。それなのに……。

あの夜、清和は氷川の期待も信頼も裏切ったのだ。

「黙れ」

清和に強引に抱き上げられ、氷川は死に物狂いで手足をバタつかせた。

「……やっ」

このまま黒塗りのメルセデス・ベンツに放り込まれたら、氷川には為《な》す術《すべ》がない。どんなに氷川が懇願しても、黒塗りのメルセデス・ベンツは東京に向かって猛スピードで走るだろう。氷川は真っ赤な顔で怒鳴った。

「清和くん、僕に嫌われてもいいのーっ？」

「ああ」

清和は苛烈《かれつ》な極道の顔で答えたが、氷川は瞬《まばた》きを繰り返した。

「嘘《うそ》つき、嫌われるんじゃないかとビクビクしているのに」

密着している身体から清和の葛藤《かっとう》や苦悩、虚勢をひしひしと感じる。氷川は宥《なだ》めるように清和の唇を指先で突《つつ》いた。

「………」

「僕に嫌われたら悲しいでしょう。僕も清和くんを嫌いになりたくはないよ」

どんなことがあっても、清和を愛することはやめられない。氷川は改めて愛しい男をじっと見つめた。

「お前は俺の女だ」

腹の底から搾りだしたような清和の声には、氷川への真《ま》っ直《す》ぐな想《おも》いが詰まっている。口下手《くちべた》な彼にはこれがせいいっぱいなのだ。

「わかっている。僕は清和くんのものだよ。清和くんは僕のものだよ」

氷川は清和の唇に触れるだけのキスをした。

「俺だけのものだ」

キスに触発されたのか、清和は畳に氷川の身体を下ろした。そして、荒々しい手つきで氷川の身体からパジャマを剝《は》ぎ取《と》った。

今までならば圧倒的に負担のかかる氷川を思って、清和から伸《の》しかかるようなことはなかったというのに。

「……や」

つい先ほどまで清和に愛されていた身体には、生々しい情交の名残がある。氷川の真っ白な肌を飾るように紅い花弁が点在していたし、双丘の割れ目から飲みきれなかった清和の落とし物が漏れていた。

掛け軸の前に投げられた氷川の下着にも、秘部から零れた清和の落とし物がべったりとついている。恥ずかしくてたまらないが、どうすることもできない。

「俺のことだけを考えろ」

清和に足を大きく開かされ、氷川は羞恥心に身悶えた。氷川の意思に反して、濡《ぬ》れたままの粘膜は清和の肉塊を欲している。自分の身体が自分のものではない感覚に眩暈《めまい》を覚えた。そう、氷川の身体は清和のものなのだ。

「……清和くん」

清和に何度も擦りあげられた秘部がズキズキと甘く疼《うず》き、氷川は揺れそうになる腰をなけなしの理性で阻止した。

「お前が見てもいいのは俺だけだ」

清和は氷川が藤堂のみならずほかの男を案じることさえ気に食わない。若い男の独占欲は半端ではなかった。

「清和くんがそんなことを言ってくれるなんて」

氷川が甘い声で囁《ささや》くと、清和は雄々しい眉を顰めた。

「……おい」

「清和くんが見てもいいのも僕だけだよ」

「俺にはお前しかいない」

清和の氷のように冷たくて炎のように熱い激情を氷川は身体で受け止めた。いや、自分から進んで浅ましく誘った。腕力を行使されて黒塗りのメルセデス・ベンツに押し込められるくらいなら、淫《みだ》らな痴態を晒《さら》すほうがいい。

何より、氷川の肌はすでに快感に溺れ、清和を手放せなくなっていた。久しぶりに触れる愛しい美丈夫は麻薬に等しい。

清和も氷川の艶《つや》やかな肌に魅入られているらしく、携帯電話の着信音がしつこく鳴り響いても、障子《しょうじ》の向こう側からリキの低い声が聞こえても、風か何かのように無視した。今の清和には氷川の敏感な身体しか見えない。

氷川と清和の吐息と淫猥《いんわい》な湿った音が夜の静寂に流れた。

2

氷川《ひかわ》が目覚めた時、隣には極彩色の昇《のぼ》り龍《りゅう》を背負った男がいた。いつの間にか、寝室の布団で寝ている。

昨夜《ゆうべ》、氷川は行為の最中で気を失ったことを思いだした。

「……もう……もう……あ、あんな……あんなに……僕じゃない……あれは僕じゃない……コンコンキツネに乗り移られたんだ……ポンポンタヌキかもしれない……」

氷川は自分の痴態を思いだし、羞恥心《しゅうちしん》や屈辱感に苛《さいな》まれる。首まで真っ赤になり、いてもたってもいられなくなった。

氷川の独り言が目覚まし時計代わりになったのか、清和《せいわ》の目が静かに開く。

「連れて帰るぞ」

清和の第一声に氷川は声を荒らげた。

「清和くん、何を言っているの。無理だってさんざん言ってたでしょう」

「連れて帰る」

清和は静かな迫力を漲《みなぎ》らせたが、氷川はいっさい動じない。目を据わらせ、清和のシャープな頬《ほお》を優しく摩《さす》った。

「帰るなら清和くんひとりで帰りなさい」

莫大《ばくだい》な利益を生む眞鍋《まなべ》組のシマは、国内の暴力団だけでなく海外の組織にも狙《ねら》われている。日本沈没説が各界でまことしやかに囁《ささや》かれているが、海外から見ればまだまだ裕福な国であり、格好の狩り場だ。

「……おい」

清和の眉間《みけん》に刻まれた深い溝に、氷川はそっと口づけた。

「丸不二川田《まるふじかわだ》院長が退院するまでいい子で待っていて」

氷川にしてもこの地に骨を埋める気は毛頭ない。昨今の病院事情から察するに、丸不二川田院長の退院はそんなに遠くはないはずだ。

「丸不二川田病院はお前を離さない」

清和は氷川を取り巻く環境に危機感を募らせている。

「孝義《たかよし》先生は内科医だ。僕みたいな半人前に拘《こだわ》らないよ」

丸不二川田院長の跡取り息子である孝義が戻ってきてから、猛スピードで丸不二川田病院の体制は立て直された。孝義は経験を積んだ内科医であり、氷川の必要性はそんなに高くはない。一昨日、氷川は三十歳になったが、医師の世界ではまだまだ若手に分類される。

「本気で言っているのか？」

孝義を筆頭に病院関係者のみならず市役所関係者まで、氷川を丸不二川田病院に縛りつけようと躍起になっている。

危機を察しているが、氷川は笑顔で躱《かわ》した。

「うん、平気だよ。丸不二川田院長が退院したら僕は戻る」

丸不二川田院長が退院したら、どんな手を行使しても東京に戻る。指導教授も承諾してくれるだろう。

「カタギ相手に散弾銃を使うのは気が引ける」

清和は自分から氷川を奪おうとする相手には容赦がない。氷川に花嫁候補を近づけた丸不二川田院長にヒットマンを送ろうとしたのを、周りによってたかって止められたらしい。

「そんなことをしたら僕が祟《たた》るよ」

池の女の亡霊より生きている僕のほうが怖いよ、と氷川は確固たる信念で言い切った。

「丸不二川田病院はお前を手放す気はない」

惚《とぼ》けるのもいい加減にしろ、と清和の切れ長の目は雄弁に語っている。

「いざとなったら逃げるから平気。僕、病室から脱走する患者さんをよく追いかけているから、足が速くなったみたい」

「……おい」

「僕は清水谷《しみずたに》の医局に納得してもらえればいい。丸不二川田院長が退院するまでここに残る。それまでに清和くんは藤堂《とうどう》さんとの関係を修復しておいてね」

清和が二代目組長の座を追われても、桐嶋《きりしま》の態度は変わらなかった。金で仁義が売買されるようになって久しいご時世、桐嶋のように頼りになる極道は滅多にいない。そんな眞鍋組と桐嶋組が揉《も》めたら、悲惨極まりない結末を迎えるだけだ。

「……………」

清和の感情は顔に出ていないが、心の中では藤堂の名前に反応している。

「藤堂さんと桐嶋さん、僕の顔に免じて、軽井沢《かるいざわ》の一件は水に流してくれるって。二度目はないよ」

氷川が真摯《しんし》な目で清和を睨《にら》み据《す》えた時、電話台に置かれている電話が鳴り響いた。十割の確率で丸不二川田病院からの呼びだしだ。

その瞬間、氷川は患者の命を預かる医師の顔になった。

「患者さんの容態が悪化したのかな」

布団から勢いよく飛びだすと、電話台に向かってひた走る。氷川は僻地《へきち》暮らしで確実に逞《たくま》しくなっていた。

電話の相手は丸不二川田院長の跡取り息子である孝義だ。昨夜の地獄の使者騒動をすでに知っている。氷川と接した当初はそうでもなかったのが、孝義は和歌山の方言を使うようになった。もっとも、孝義の和歌山訛《なま》りは聞きやすい。

『氷川先生、卓《すぐる》ちゃんから詳しく聞いたで。すまんかったなぁ。そりゃ、家族も親戚《しんせき》も心配して東京から飛んでくるわなぁ』

卓が早くも絶妙なフォローを入れたようだ。孝義も実父である丸不二川田院長が、氷川を騙《だま》し討《う》ちのような形で丸不二川田病院に連れてきたことは知っていた。何より、着任早々、若い氷川に副院長のポストを与えるなど、尋常ならざる医療機関の典型だ。

「はい、ご迷惑をおかけしました」

『今、親戚のお兄ちゃんはそこにおるんやな？』

清和は布団から出て、のっそりと近づいてきた。リキは居間でノートパソコンのキーボードを叩《たた》いている。

「はい」

『氷川先生はこっちに来てから一日も休みを取ってへんやろう。今日一日、親戚のお兄ちゃんと一緒に休んでや』

休日どころか、まだ薄暗い早朝でも不気味なくらい静かな深夜でも、氷川は電話一本で呼びだされて働いた。氷川も休日が欲しいとは言えない状態だったのだ。孝義が戻ってくるまで、氷川が実質的な責任者として丸不二川田病院を回していた。疲れていない、と言えば嘘《うそ》になる。

「いいんですか？」

孝義は勤勉で実直な内科医だが、裏がありそうな気がしてならない。

『一日ぐらいならなんとかなる。ちょっととわいけど、白浜《しらはま》の温泉にでも行って骨休みしてや』

和歌山には温泉がいくつもあるが、氷川はガイドブックを見る余裕もなかった。脳内に花畑が咲いているような信司《しんじ》が、白浜温泉に行きたい、アドベンチャーワールドで遊びたい、と何度も叫んでいたはずだ。ただ孝義が指摘した通り、ここから白浜温泉まで遠い。

「ありがとうございます」

『うちから車を出すさかい、運転手としてうちの……』

そんな意図があったのか。氷川は花嫁候補来襲の危機を察し、孝義の言葉を遮るように言った。

「親戚の子が車で来ているから結構です。卓くんも八重《やえ》さんを連れていくでしょうから」

これ以上、メンバーが増えても面倒なだけです、と氷川はきっぱりと拒んだ。花嫁候補と一緒に白浜など、清和の嫉妬心《しっとしん》に火をつけるだけだ。

孝義にも思うところがあったのか粘ったりしなかった。

受話器を置いた後、氷川は白皙《はくせき》の美貌《びぼう》を輝かせて振り返る。仏頂面《ぶっちょうづら》の清和の胸に勢いよく飛び込んだ。

「清和くん、お休みだ。久しぶりのお休みだ。白浜にでも行こうよ」

清和は和歌山に詳しくないらしく、胡乱《うろん》な目で聞き返した。

「……白浜？」

「和歌山の観光地……あ、清和くんにそんな時間はないの？」

連続徹夜三日だの、睡眠時間二時間の連続だの、清和のハードスケジュールはショウや卓、吾郎《ごろう》といった若手構成員たちからも聞いていた。眞鍋組総本部で清和の帰りを待ちわびている幹部の姿が氷川の瞼《まぶた》に浮かぶ。

「これからお前を連れて東京に帰る」

清和は頑として当初の主張を変えない。それだけ切羽詰まっているのだろうが、氷川も流される気はさらさらなかった。

「無理だってわかっているでしょう。東京に帰るなら清和くんとリキくんで帰ってね」

リキは我関せずとばかり、ノートパソコンを操作している。この地から眞鍋組総本部に指示を送っているのかもしれない。

「おい」

「僕が心配なら卓くんをここにおいていって。卓くんは感心するぐらい本当に評判がいいんだ。卓くんは書道家の卵っていう設定だから、公民館で書道の先生をするように、勧められていたんだよ」

氷川はみかんの花が咲いたように微笑《ほほえ》むと、清和の広い胸に頬を摺《す》り寄《よ》せた。こうなったら甘えて落とすしかない。幹部候補の卓がそばにいたら、清和も少しは安心できるだろう。

「卓は眞鍋の兵隊だ」

卓は眞鍋の男として清和と氷川に命を捧《ささ》げている。それは氷川も疑う余地はない。

「眞鍋の兵隊かもしれないけど、根本的に卓くんはいいところのお坊ちゃまだよ」

卓は裕福な名家で生まれ育った子息であり、清和の盃《さかずき》をもらっても、極道色に染まっていない。自身の兵隊としての限度を知り、頭脳派としての道を模索しているようだ。

「確かに卓は……」

氷川につられたらしく、清和もポロリと言いかけたが、慌てたように口を真一文字に結んだ。

「清和くんもそう思っているんでしょう」

氷川が悪戯《いたずら》っ子《こ》のような顔で指摘した時、チャイムが鳴り響いた。玄関のドアを開けると、卓と八重が満面の笑みを浮かべて立っている。ふたりの手には氷川や清和、リキの朝食があった。

「先生、おはようございます。八重お婆ちゃんが朝飯を作ってくれたので運んできました」

卓が快活な声で言うと、八重が控えめに口を挟んだ。

「氷川先生、おはようございます。若い人のお口に合うかわからへんけど、召し上がってください」

付近にはレストランもなければカフェもなく、コンビニやベーカリーもない。一番近いスーパーマーケットも車でないと行けない。八重の気遣いに、氷川は軽く頭を下げた。

「八重さん、ありがとう」

明和《めいわ》病院ならば辞退していたが、この地では拒む必要はない。氷川は卓と八重を居間に通した。

卓はいそいそと桐《きり》の卓に朝食を載せ、八重は台所で味噌汁《みそしる》を温め直してくれる。氷川はお茶を淹《い》れ、奥に隠れた清和とリキを呼んだ。

「清和くん、リキくん、朝ご飯だよ。出ておいで。八重さんにお礼を言ってね」

清和とリキは八重に礼を言ってから、桐の卓に並んだ朝食に箸《はし》を伸ばす。ふたりはいつもと同じように無表情だが、八重の心遣いに照れているようなフシがあった。氷川は強面《こわもて》二人組の意外な一面を知る。

八重は地獄の使者に間違えられた眞鍋の龍虎コンビを見ても怯《おび》えなかった。

「私の父の若い頃に雰囲気が似ちゃうわ。私の父も体格がよかったんや」

八重は威圧感のあるリキをどこか懐《なつ》かしそうな目で眺めた。リキは厚焼き卵を咀嚼《そしゃく》しつつ、返事代わりの会釈をする。

「ああ、八重さんのお父様は軍人でしたね？」

八重は紀州徳川家《きしゅうとくがわけ》に仕えた士族の出身であり、実父は旧海軍軍人だ。士族の士族たる所以《ゆえん》か、軍人家系らしい。

「はい、厳格な父でした」

八重の父親がどれだけお堅い軍人だったか、以前チラリと聞いたことがある。修行僧のように己を律しているリキといい勝負かもしれない。

「僕、今日は久しぶりにお休みをもらったんだ。卓くん、八重さん、一緒に白浜にでも行きましょう」

氷川が箸で紀州名物の金山寺《きんざんじ》味噌を突きながら誘うと、卓は茶碗《ちゃわん》に手を添えたまま破顔した。

「いいですね。俺が運転します」

卓は嬉《うれ》しそうに運転手に立候補したが、八重は申し訳なさそうな顔で言った。

「こんな年寄りが一緒で迷惑ちゃうの？」

八重は現代において絶滅指定危惧種《きぐしゅ》となった『大和撫子《やまとなでしこ》』を体現している、控えめで淑《しと》やかな女性だ。明和病院の大半を占める傲慢《ごうまん》な女性患者とは違う。

「八重お婆ちゃん、何を言っているんだよ。先生がせっかく誘ってくれたんだから行こうよ……ああ、八重お婆ちゃんは和歌浦《わかのうら》とか雑賀崎《さいかざき》に思い出があるんだよね。ここから白浜は遠いし、和歌浦や雑賀崎のほうがいいのかな」

卓は八重と氷川の顔を交互に眺めて言った。おそらく、卓は八重を思い出の場所巡りに連れていきたくて仕方がなかったのだろう。

「ああ、僕はどこでもいいよ。八重さんの思い出の場所なら僕も行きたい」

氷川の言葉ですべて決まる。清和の無言の文句を、氷川は完全に無視した。なんにせよ、リキも口を挟まないから構わないだろう。

「清和くんはどうする？　東京に戻らなきゃ駄目なの？」

氷川にしてもこのまま清和と別れたくない気分だ。

「……俺も行く」

清和には戦地に赴くような迫力が漲っている。

「じゃあ、清和くんも行こうね」

結果、氷川は卓と八重、渋面《じゅうめん》の清和とともに久しぶりの休日を楽しむことになった。鉄仮面を被ったリキに見送られ、人より野生動物が多い地を後にする。氷川がこうやって丸不二川田病院を離れるのは本当に久しぶりだ。

どれぐらい走っただろうか、丸不二川田病院から一番近い喫茶店を通り過ぎたら、普段は見かけない派手なタイプの赤い車や大型バイクが走っている。

「外っていいね。景色が変わるのもいい。刑務所から出所した時の気分ってこういうのかな」

氷川は心の中で言ったつもりが、なんとも形容しがたい解放感と高揚感で自然に口から出ていた。隣に座っている清和は憮然《ぶぜん》とした面持ちで聞き流し、運転席の卓と助手席の八重は楽しそうに笑っている。

「先生、ずっと病院で仕事ばかりしていましたからね。神経も体力も使うから、倒れないかと心配でした」

卓は氷川の丸不二川田病院での日々を知っているだけに、その気持ちがよくわかるようだ。病院の周りには気分転換できる場所がないから、卓やショウといった若手構成員たちもいろいろと思うところがあったのだろう。

「僕はそんなに弱くはないよ」

楚々《そそ》とした容姿を裏切っているのは性格だけではない。氷川はどこもかしこもほっそりしているし、運動神経もいいわけではないが、意外なくらい健康だった。うがいや手洗いなどを徹底しているが、風邪やインフルエンザが猛威を振るっても、一番弱そうに見える氷川は無事だ。

「先生、無理をしないでください」

卓の言葉の後に八重が情感たっぷりに続けた。

「氷川先生、お願いやから無理をせんどってくださいね。私の夫は無理をして早くに逝ってもうたんや」

夫は体調が悪いのに病院にも行かず田畑で働き続けた。挙げ句の果てには風邪をこじらせて彼岸の彼方に旅立ってしまったそうだ。八重がどんなに病院に行くように頼んでも、夫は頑として田畑に立ち続けたという。少しでも八重に楽をさせたい、と。

「僕は医者です。危ないと思ったら休みます」

氷川は自分で針を刺し、点滴をしながら仕事をした過去がある。もちろん、こんなところで明かさないが。

「丸不二川田院長のこともあるさかいに……まさか、丸不二川田院長があんな病気になるなんて……」

池の祟り、自業自得、それ見たことか、が糟糠《そうこう》の妻を捨てて若い女に走った丸不二川田院長に対する言葉だった。しかし、八重は純粋に丸不二川田院長に同情している。

「八重さん、僕は丸不二川田院長の食生活を直《じか》に見て、危機感を持っていました。あんなに早くその日がやってくるとは思いませんでしたが」

清和くん、僕がいない間に何を食べていたの、と氷川は横目で清和を見つめた。けれども、清和の視線の先は車窓の向こう側に広がるのどかな風景だ。

「人生はままなりませんね」

八重の含蓄ある言葉に氷川は大きく頷いた。

「そうですね」

「私がこんなに長生きするなんて思わへんかった」

八重が寂しそうに言うと、卓がハンドルを左に切りながら口を挟んだ。

「八重お婆ちゃん、何を言っているんだ。八重お婆ちゃんの人生はこれからじゃないか。まだまだだよ」

「もうそろそろお迎えが来てほしいんや」

夫もおらず子もおらず、八重はひとりで広い屋敷に住んでいる。孤独な女性だと、薄幸な女性だと、八重と仲のいい孝義が何かの拍子に言っていた。

「俺をおいていくなよ」

遠く離れても、毎日、卓は八重と連絡を取り合っていた。まるでつき合い始めの恋人同士だと、孝義やベテラン看護師が口を揃えたものだ。

「あらあら」

「スエお婆ちゃんは百三歳、ウノお婆ちゃんは百一歳、だから、八重お婆ちゃんはまだまだだ。俺が八重お婆ちゃんの百歳の誕生会を主催する」

卓と八重は本当の祖母と孫のようで、氷川の頬が自然に緩む。清和も無表情だが、卓と八重の仲に和んでいるようだ。間違いなく、清和も八重を気に入っている。

そうこうしているうちに、八重の思い出の場所である養翠園《ようすいえん》に到着した。養翠園は江戸末期の代表格に当たる池泉回遊式庭園であり、紀州徳川家十代藩主が造園した。八重は乳母や実の両親と足を運んだという。

養翠園の後は、紀州徳川家初代藩主が父親である徳川家康《いえやす》を祀《まつ》るために建立した紀州《きしゅう》東照宮《とうしょうぐう》を回る。

八重の先祖が紀州徳川家の藩士だったせいか、紀州徳川家と縁のある場所には家族との思い出が詰まっているらしい。紀州東照宮には毎年、家族で参ったそうだ。

紀州東照宮を後にして、卓がハンドルを握る車は和歌浦に入る。だが、和歌浦では停《と》まらず、その先にある雑賀崎に向かう。まったくもって、急カーブが半端ではない。

「先生、八重お婆ちゃん、ちゃんと摑《つか》まっていてください」

卓は氷川と八重に注意をしつつ、ハンドルを右に切ってから左に切る。

「すごいね」

氷川は無意識のうちに感嘆の声を漏らしていた。箱根の山のカーブも急だったが、雑賀崎のほうがスリルがある。氷川ならばたとえ運転免許を取得しても、雑賀崎を運転することはできないだろう。

「ショウなら大喜びで飛ばしそうです」

ショウは暴走族上がりで、レーサー並みのテクニックを持っている。卓が指摘したように、嬉々《きき》として命懸けのドライブに挑むだろう。

「うん、ショウくんはここを走っちゃ駄目……それにしても、ここは観光地じゃないのかな？」

　車窓の向こう側に海が見えたが、観光地らしいものはまったく見えない。土産物屋もなければ飲食店もないのだ。丸不二川田病院がある山奥ほど辺鄙《へんぴ》な田舎ではないが、雄大な自然に溶け込むように民家が並び、行き交う人も見当たらない。

「観光地……じゃないですね？　雑賀崎は観光地じゃないのかな？」

　卓も周囲の風景を怪訝《けげん》な顔で見回した。東京から日帰りで行けるリゾート地を確立している箱根とは雲泥の差だ。

　人はいないが、後から派手な赤い車が走ってくる。

　いや、あの赤い車は丸不二川田病院から一番近い喫茶店で見かけた。朽ち果てた神社を通り過ぎた時も後ろにいた。

　まさか、ずっとつけてきたのだろうか。単なる偶然かもしれない。偶然であってほしい。氷川は隣に座っている清和の横顔を見た。

　そして、清和の鋭い目から赤い車に尾行されていることを知った。彼は無言で赤い車に神経を尖《とが》らせている。

　どうやら、卓も不審な赤い車には気づいているらしく、それとなく速度を上げたり、下げたり、ナビが示さない道を走ったりもしているようだ。

しかし、赤い車はぴったりと張りついたままである。

八重がいる時に清和がヒットマンに狙われたらどうなるのだろう。氷川は恐怖に駆られ、清和の手をそっと握り締めた。

守り抜くから安心しろ、とばかりに清和は力強く握り返してくれる。愛《いと》しい男の手は頼もしいが、氷川の心臓の鼓動は激しくなる一方だ。

何か察したのか、車窓に絶景が広がったからか、卓は車の速度を下げた。赤い車は速度を下げずに通り過ぎていった。

いや、赤い車の助手席から何かが投げられる。あれは火炎瓶だ。凄《すさ》まじい爆発音とともに白い煙が上がった。

「……うっ？」

低い悲鳴を上げたのは氷川だけだ。特別仕様のメルセデス・ベンツは、火炎瓶ぐらいではビクともしない。

安心しろ、と清和は氷川の肩を抱いて耳元にそっと囁いた。

「……あらあら、今のはなんやったんやろ？」

八重は火炎瓶にも怯えず、マジックショーに遭遇したかのように目を丸くしている。意外なくらい肝の据わった老婆《ろうば》だ。

「チンピラの悪戯みたいですね」

卓はいっさい動じず、ハンドルを左に切った。八重の手前、チンピラの悪戯として流すつもりだ。

「チンピラの悪戯？」

爆発音がしても付近は静まりかえったままで、民家から誰も顔を出さない。ひょっとして、誰もいないのだろうか。

「どこかのチンピラが悪戯するために和歌山まで遠征してきたのかな」

そんなわけがないと、口にした卓自身、思っているだろう。氷川は楚々とした美貌を歪《ゆが》めたが、八重は信じたようだ。

「まぁまぁ、ご苦労さんなことやな」

八重が声を立てて鈴の音のように笑うと、車内に漂っていた緊張感が解けた。氷川も肩に入っていた力が抜ける。

付近には一台の車も走っていないが、どこから清和が狙われているかわからない。戻ったほうがいいのか、戻らないほうがいいのか、氷川は判断ができず、長い睫毛《まつげ》に縁取られた瞳《ひとみ》をゆらゆらと揺らした。

もっとも、不安に駆られているのは氷川だけだ。

卓は何事もなかったかのように車を走らせ続けた。清和も運転席の卓になんの合図も送らない。

「卓ちゃん、恥ずかしいんやけどね」

八重が言いにくそうに切りだしたが、卓はなんでもないことのように言った。

「ああ、トイレ？　俺も行きたかったんだ。メシを食ってから番所庭園《ばんどこていえん》を見学しよう」

いつの間にか、昼食の時間帯だ。火炎瓶攻撃を食らったばかりだし、どこかで停まったほうがいいだろう。卓は食事ができるところを捜したが、低い声で唸《うな》っている。氷川と清和も目を凝《こ》らしたが、それらしい店は一軒もない。

「海辺なんだから美味《おい》しいお寿司屋さんがあってもいいはずなのに……どうしてコンビニもないの……お店がない……家はちゃんとあるけど人が歩いていない……あ、ホテルがある。ホテルで食事をして、トイレを借りよう」

氷川は光明を見いだしたが、即座に卓が言い放った。

「潰《つぶ》れたようです」

ホテル名は建物に刻まれたままだが、荒れ放題の外観から現状がわかる。氷川はがっくりと肩を落としたが、八重はか細い声を上げた。

「潰れたんかい？」

八重の記憶では倒産するようなホテルではなかったのかもしれない。実際、なかなか規模の大きな建物だ。

「こっちも潰れてるみたいだ」

旅館だったとわかる建物が視界に飛び込んできたものの営業していない。氷川は困惑したが、八重は腰を抜かさんばかりに驚いた。

「おらおら？　なんでや？」

「そういや、サトお婆ちゃんやマツお婆ちゃんから聞いた。あちこち店じまいだって。いいところなのにもったいないな」

卓は近所の住人から不景気と少子化の嵐《あらし》に晒《さら》された和歌山について聞いているようだ。氷川もどこかでそんな話を耳にした記憶があるが、医師としての業務に忙しくて気に留めることはなかった。

「サトちゃんやマツちゃんは息子さんにあちこち連れていってもらっていたから知っちゃうんやね」

八重はだいぶ世俗に疎《うと》いらしいが、氷川にはわかるような気がした。おそらく、八重はほぼひとりで家に閉じこもって暮らしているのだ。健康のために近所の散歩は欠かさないというが、車の運転ができないから気軽にどこかに出かけることもできない。一時間に一本あるかないかのバスを使って一番近いスーパーマーケットに行くぐらいだろうか。

「八重お婆ちゃん、番所庭園だな？」

八重が雑賀崎で行きたかった番所庭園は、万葉集にも登場する景勝地だ。さすがに、番所庭園は開いているはずだ。トイレも整備されているだろう。

「ええ、女学校時代のお友達と一緒に行ったの。綺麗《きれい》だったのよ」

八重は万葉集が好きで、いくつもの和歌を諳《そら》んじていた。氷川は詰め込み式の勉強に励んだ弊害で、八重の万葉ロマンについていけない。清和は言わずもがなだ。ただ、書道家の父親に芸術を叩《たた》き込《こ》まれた卓はある程度、理解しているらしい。

「ああ、写真で見たけど綺麗なところだよね。ツルお婆ちゃんちの大阪のお嫁さんも綺麗なんで感動したって聞いた……あ、営業している旅館があった。メシはここで食おう」

番所庭園のすぐそばに営業中の旅館があった。ここならば、八重が好きな寿司も食べられるだろう。卓は不審車が潜んでいないか確認すると、旅館の駐車場に車を駐《と》めた。氷川は清和に守られるようにして車から下りる。

よかった、と氷川が胸を撫《な》で下《お》ろしたのも束の間、旅館のスタッフの申し訳なさそうな顔に直面する。

「……え？　ランチ営業をしていないんですか？」

卓は啞然《あぜん》として、スタッフに聞き返した。東京や箱根と同じような感覚でいたのは氷川だけではない。

「申し訳ございません」

どこぞの暴力団関係者のように、頭を下げるスタッフにごねたりはしない。卓はひとまず、地元の情報を仕入れることにした。

「ここら辺で食事ができる店はありますか？」

「大浦街道《おおうらかいどう》まで出たらございます」

卓はずっとナビを頼りに車を走らせていたから、飲食店があるという大浦街道が近くないとわかったらしい。

「付近には何もないですか？」

卓の感覚でいけば、網元や猟師が経営している海鮮料理の店があってしかるべきだ。八重に新鮮なネタを使った寿司を食べさせたくて必死だった。氷川にしても寿司を食べたい気分だ。今日、清和に肉料理を食べさせるつもりはない。

「この辺りは自然を楽しんでいただくところでございますので」

スタッフが言う通り、雑賀崎は雄大な自然を満喫する場所だ。雑賀崎での食事は断念するしかない。

「そうですね。楽園みたいなところです……で、すみませんが、トイレを貸してください」

「どうぞ」

旅館の厚意でトイレを借り、ひとまずの窮地は免《まぬか》れた。気を取り直して、お目当ての番所庭園に向かう。

受付にスタッフがおらず、ベルを押してもなんの反応もない。面食らいながらも庭園に進むと、スタッフが庭の手入れをしていた。

入場料を払い、潮騒《しおさい》と松風を感じる庭園に進む。

「八重お婆ちゃん、足元に気をつけて」

卓の優しい言葉に、八重は観音菩薩《かんのんぼさつ》のような笑顔で応える。手入れの行き届いた庭園内に、氷川一行のほかに客はいない。

その絶景を見た瞬間、氷川は純粋な感激の声を上げた。

「うわぁ、綺麗だ」

番所庭園は地名である『番所の鼻』が表しているように、海に長く突きでている地形に作られている。すぐ目の前に広がる碧《あお》い海、手を伸ばしたら届きそうな錯覚に陥《おちい》る島、万葉の時代に海洋眺望絶景の景勝地に触発され、和歌を詠《よ》んだ藤原卿《ふじわらきょう》の気持ちがよくわかる。紀州徳川家の時代には番所お台場であり、ペリーが来航してからは黒船見張り番所でもあった。

「あちこち潰れてもこの景色は変わってへん」

八重は懐かしそうに碧い海に囲まれた庭園を眺めた。

「八重お婆ちゃん、この景色は変えちゃ駄目だよ。こんな綺麗なところを変えたら和歌山は終わり……ううん、日本は終わりだ」

卓は頬を紅潮させて、番所庭園に最高の賛辞を贈った。氷川にしてもこの息を呑《の》むような絶景は永遠に残したい。たとえ、どんなに文明が発達しても。きっとSF映画ばりに発展した未来でも、番所庭園の美しさは人の心を打つだろう。

「卓ちゃん、気に入ってくれたんやな」

「俺、この感動は一生忘れない」

庭園の一角から波打ち際に下りることができるようになっているが、氷川は覗《のぞ》いただけで足が竦《すく》んでしまう。子供から目を離さないように、という注意書きを思いだした。この季節、この高さから冷たい海に落ちたら命に関わる。

「清和くん、危ないから僕のそばから離れちゃ駄目だよ」

氷川は清和を捕まえようと手を伸ばした。

「……………」

氷川が手を伸ばした先には堂々たる美丈夫がいた。

「……ごめん、清和くんはもう大人だね。二十歳《はたち》になったんだよね」

東京で清和の誕生祝いをしたのは、そんなに遠い過去ではない。氷川はあの日から清和の飲酒を認めた。

「……………」

「僕も歳《とし》をとるわけだ」

出会った頃の清和ならば、百パーセントの確率で切り立った先から飛び下りていただろう。幼い清和は決しておとなしい子供ではなかった。氷川の膝《ひざ》でも元気よくバタバタと手足を動かして暴れたものだ。

「…………」

荒い海を見る清和の目に、氷川は思い当たった。

「……え？　でも、清和くん、下りたいの？　危険だから駄目だよ？」

清和は顔にも口にも出さないが、崖《がけ》から下りてみたいらしい。氷川のように恐怖感は抱いていないようだ。

「…………」

「下りるのなら、夏にしよう」

「…………」

「念のために水着を着て、浮き輪を持ってね」

氷川と清和の間には微妙な空気が流れたが、卓と八重は手を繋《つな》いだまま絶景を眺めていた。八重の幸せそうな顔を見ているだけで、卓と同じように氷川の心も弾んでくる。

一昨日、氷川は三十歳の誕生日を迎えたが、本当に生まれた日は定かではない。三十年前の一昨日、ぼたん雪が降りしきる日に施設の前に捨てられていた赤ん坊が氷川だ。祖母どころか実母の顔も名前も知らない。

お祖母さんってこういうものなのかな、と氷川は八重を見つめた。おそらく、清和も同じ気持ちだろう。そんな気がした。

「八重お婆ちゃん、疲れただろう。座ろうか」

卓と八重は仲良く並んでベンチに腰をかける。

「喉《のど》が渇いたね。自動販売機があったからお茶でも買ってくる」

氷川は清和とともに番所庭園内にある自動販売機に向かう。

すると、貸し切り状態だった番所庭園に、二人組の若い男が現れた。釣りの名所だというが、釣《つ》り竿《ざお》は持っていない。

その瞬間、清和は鋭い目で二人組の男の前に立った。

「火炎瓶を投げた奴だな」

なんの用だ、と清和が地を這《は》うような低い声で凄《すご》むと、二人組の若い男は顔色を変えた。

どちらの若い男もジーンズに革のジャンパーという姿で、髪の毛も染めていないし、目つきも鋭くない。氷川の目から見れば今時の青年に見える。

が、違うのだろうか。

つい先ほど、赤い車から火炎瓶を食らったばかりだ。二人組の若い男は不夜城の支配者を狙うヒットマンか。

「……うっ」

若い二人組の男はそれぞれ革のジャンパーからジャックナイフを取りだした。清和めがけて二本のジャックナイフが振り下ろされる。

間一髪、清和は目にも留まらぬ速さで、手袋をしていた男を蹴《け》り飛《と》ばした。すかさず、銀のリングをしている男を芝生の地面に叩きつける。

これらは一瞬の出来事で、氷川は瞬《まばた》きをする間もなかった。呆然《ぼうぜん》と人形のように立ち竦んでいただけだ。

「誰に頼まれた？」

清和の質問に二人組の男は答えなかった。

「うわっ。こんな話は聞いてへんで」

「俺もこんな話は聞いてへん。逃げろっ」

二人組の男は血相を変えて、清和から逃げていく。あっという間に、氷川と清和の視界から消えていなくなった。

「大丈夫か？」

清和に肩を優しく抱かれて、氷川はようやく自分を取り戻す。

「……清和くん、今のは誰？」

最高の景勝地が悲しくも恐ろしい修羅場になるところだった。清和の無事を確認し、氷川はほっと胸を撫で下ろす。

「わからない」

清和自身、心当たりが多すぎて見当もつかないのだろう。

「どこのヒットマン？」

「素人《しろうと》だ」

清和に素人だと言われたら、氷川も納得する。二人組の若い男は清和に睨まれただけで狼狽《ろうばい》したが、プロならばあんな無様な真似はしないはずだ。

「さっきの赤い車の人？」

プロならばこの田舎であんな目立つ赤い車は使わないだろう。

「ああ」

「どこかの組織が素人を雇って、清和くんを狙っているんだね」

玄人ならば容赦なく叩きのめせるが、金で雇われた素人となるとやっかいだ。おそらく、金で雇われた素人は何も知らされていない。

「怖い思いをさせた」

すまない、と清和は切れ長の目で謝罪している。

「清和くんが無事ならいいんだけどね。八重さんの前で危ないことにならなくてよかった」

八重の前でジャックナイフを振り回されたらどうなったか、氷川は想像するだけで血の気が引く。

「ああ」

「リキくんがどこかにいるんでしょう？　リキくんがさっきのふたりについて調べるんだね？」

氷川の視界に入ってはいないが、リキが清和のガードについているはずだ。なんらかの手を打つだろう。

清和が鋭敏な目で肯定した時、卓と八重がゆっくりと歩いてきた。どうやら、八重はもう番所庭園を堪能したらしい。

「そろそろお昼にしましょうか」

八重は若い卓や清和の胃袋を思い、思い出の地から腰を上げたようだ。氷川にしても、清和が狙われた番所庭園から一刻も早く立ち去りたい。人がいない場所なので、素人のヒットマンが襲撃地に選びかねないからだ。それこそ、素人のヒットマンが団体で襲ってくるかもしれない。

氷川は清和、八重や卓とともに番所庭園の出入り口に進む。人はどこにも潜んでいない。聞こえるのは潮騒と風に揺られる木々の音だ。

しかし、番所庭園の出入り口には中年の夫婦が立っている。

中年の夫婦は見るからに純朴そうで、清和を狙うヒットマンには見えないが、金で雇われた素人のヒットマンかもしれない。氷川の身体に緊張が走り、清和の鋭い目がさらに鋭くなった。八重を庇《かば》うように歩く卓も、心持ち端整な顔が引《ひ》き攣《つ》っている。

氷川はふくよかな夫人にキラキラした目で声をかけられた。

「あら？　さっきの管理人さん以外に初めて人を見たわ。私は茨城《いばらき》から来たのよ。タクシーの運転手さんに聞いたけど、本当に何もないのね」

ふくよかな夫人の言葉に拍子抜けしたが、そういう作戦なのかもしれない。氷川は細心の注意を払いながら対峙《たいじ》した。

「茨城からですか？　観光ですか？」

不夜城がある東京と茨城はそんなに離れてはいない。

「お兄さんは地元の人じゃないわね？　どこの人？」

今現在、住んでいるのは和歌山だが、地元の人間というわけではない。氷川は清和と暮らしていた土地を口にした。

「東京です」

東京と聞いた瞬間、ふくよかな夫人は勢い込んだ。

「ああ、今日の五時から予定があるんじゃない？」

清和のヒットには時間制限があるのだろうか。夕方の五時という刻限にはなんの意味があるのだろうか。東京で会議や入札など、何かがあるのだろうか。氷川の思考回路はぐるぐる複雑に回る。

「……は？　今日の五時？」

氷川が怪訝な顔で首を傾《かし》げると、ふくよかな夫人はしょんぼりとした。

「お仲間かと思ったけど違うみたいね。私たちはラリーのコンサートを観るために和歌山にやってきたのよ」

ラリーとは熱狂的なファンを持つ往年の歌手の仇名《あだな》だ。一時は一世を風靡《ふうび》したと、氷川も顔と名前が一致する。

「……え？　コンサートのためにわざわざ茨城から和歌山に来たんですか？」

どうやら、ふくよかな夫人は真面目そうな夫を連れ、ラリーのコンサートツアーを追いかけているらしい。清和と卓はふくよかな夫人と真面目そうな夫に警戒心を解いた。不夜城の支配者を狙うヒットマンではないようだ。

八重は腰を抜かさんばかりに驚き、卓に優しく支えられていた。

「コンサートまで時間があるから、タクシーの運転手さんに頼んで雑賀崎に来たけど、本当に何もないわね。ご飯も食べられないわ」

ふくよかな夫人の小刻みに振る手には、やけに力が込められていた。雑賀崎で美味しい食事を期待していたのだろう。

「はい、僕らも食事は諦《あきら》めました。景色が最高のご馳走《ちそう》です。こんな素晴らしいご馳走を食べたのは初めてです」

絶景と八重の嬉しそうな顔には、どんな美食も敵わない。氷川たちは軽やかな気分で番所庭園を出立した。

清和の腹具合を察するに、そろそろ食事にしたほうがいい。

「和歌浦だったら温泉地だし、いくらでも店があるよね」

そんな氷川の考えは甘かったと、すぐに気づかされた。かつて八重が宿泊したという老舗の旅館は、昼食も予約制だという。

「……予約？　予約しなきゃ駄目なの？」

氷川が素《す》っ頓狂《とんきょう》な声を上げると、卓は真剣な顔で言った。

「たぶん、客が少ないんだと思います。客が来なきゃ、仕込んでも無駄になるだけですから」

卓は目についたそれらしい店を片っ端から当たったが、和歌浦で昼食を摂《と》れる店が見つけられない。

ショウがこの場にいたら、間違いなく血走った目で空腹を叫んでいただろう。海に潜って魚を捕りかねない。

「和歌浦も寂しゅうなっちゃうわ」

八重のしんみりとした一言が車内に響き渡った。思い返せば、孝義から勧められた休息の場所は和歌浦ではなく白浜だった。

「こんなことなら和歌山ガイドを買っておくべきだった」

氷川が今さらの後悔を口にすると、卓は忌々《いまいま》しそうに言い放った。

「先生、俺は本屋にあった和歌山ガイドをすべて買いました。ガイドって当てにならないんですね。潰れた旅館もホテルもガイドに載っていました」

卓は卓なりに下調べをしていたらしい。

「そうなの？」

「どの旅行ガイドにもこんなに寂れているなんて一言も書いていません」

おかしいとは思ったけど、と卓は近所の老人たちの話から気づかなかった自分を叱咤《しった》している。

清和は逃した宿敵を捜すような目で、車窓の向こう側の風景をチェックしていた。雄々しい彼も空腹に耐えていることは間違いない。氷川は宥めるように清和の手を握り締めた。

「……うん、まぁ、そりゃそうだろうけど」

卓と氷川が慣れない和歌山に戸惑っていると、八重がおもむろに口を挟んだ。

「お城の近くにええお店があったと思うんやけど」

そもそも、八重の希望で万葉集の歌枕《うたまくら》のひとつだった和歌浦にやってきたのだ。八重が納得してくれたら、氷川や卓は和歌浦に拘りはない。

卓は八重から聞いた店名で住所を調べ、ナビゲーターに従って進む。確実に食事にありつくため、卓は電話で予約を入れた。

ようやく、和歌山城の南にある日本料理の名店に辿《たど》り着《つ》いた。古式ゆかしい情緒溢《あふ》れる料亭だ。玄関口からそういった造りだが、どこかのお屋敷に招かれたような気分になる。

何より、庭が素晴らしい。明治維新によって道路が整備されるまで、和歌山城内の庭園だったという。

「美味しい」

味も抜群だし、文句のつけようがない。ただ、清和には物足りないのか、渋面で追加注文をした。

昼食の後は当然のように和歌山城見学をする。卓や清和と行った小田原城《おだわら》とは、また違った感じがしないでもない。とりあえず、小田原城より行き交う人が少ない。小田原城で見かけたカメラ持参の観光客もいなかった。

「和歌山城だって名城なのにどうしてこんなに寂しいんだろう。雑賀崎も和歌浦も最高にいいところなのに……」

行く先々で感動しただけに、宝の持ち腐れ、という言葉が頭を過《よぎ》る。氷川が怪訝な目で首を傾げると、清和は低い声でポツリと言った。

「アピール不足」

清和が指摘した通り、宣伝が下手なのかもしれない。氷川は実感を込めて口にした。

もったいない、と。

八重は卓とともに嬉しそうに城内をゆっくり回っている。

職業病か、氷川は携帯電話をチェックしたが、丸不二川田病院から連絡は入っていない。清和はしかめっ面で携帯電話を操作している。

「清和くん、タイムリミット？」

「いや」

「まだ一緒にいられるの？」

「ああ」

清和の返事に氷川は頬を緩ませた。思わず、清和の胸に顔を埋《うず》めかけ、慌てて身を引く。いくらなんでも白昼堂々、公の場でいちゃついてはいけない。たとえ、人影が見当たらなくても。

和歌山城を出た後、かつて武家屋敷が並んでいたというところに向かう。八重の生家だった跡地には、今は鉄筋コンクリートの建物が建てられ、縁もゆかりもない人が住んでいる。

「ここで八重お婆ちゃんは生まれたんだね」

八重がふたり目の子供を妊娠し、長男を連れて実家に戻っていた時、実家が火事に見舞われた。不幸にも長男が火事で亡《な》くなり、八重は流産している。八重にとって実家は最も辛《つら》い場所となった。

その後、八重は新たな子供を授かることはなかった。

「そうや。私が生まれた頃、こんなんちゃうかったわ」

「そりゃそうだろう」

「最後に来れてよかった」

生家の跡を見上げる八重が今にも消え入りそうで、氷川は不安に駆られた。卓にしてもそうだ。

「八重お婆ちゃん、最後なんて言うな。今年の夏は雑賀崎でバーベキューだ。ショウや吾郎も大喜びで飛んでくるぜ」

「卓ちゃん、おおきに。おおきにやで」

八重は卓の手を握り締め、慈愛に満ちた微笑で礼を繰り返した。氷川も今年の夏、清和を連れて雑賀崎を訪れたい。

「清和くん、今年の夏、雑賀崎でバーベキューしようね」

氷川が寒い最中に夏の計画を提案すると、清和は大きく頷いた。

「ああ」

「トイレを借りた旅館にみんなで泊まるのもいいね」

「ああ」

氷川は清和と夏の予定を立てるのが楽しくてたまらなかった。卓も少年のように目を輝かせて八重に夏の予定を口にする。

八重は観音菩薩のような微笑を絶やさず、卓の言葉に耳を傾けていた。

それから、雑賀崎や和歌浦で食べ損ねた寿司をカウンターで食べる。主人は東京からの客だと告げると喜んでくれた。

「雑賀崎では楽しみにしていた寿司を食べるどころか茶の一杯も飲めず、綺麗なお姉さんにも会えず、茨城からラリーのコンサートのためにやってきた奥さんに出会いました」

卓が雑賀崎での出来事を語ると、主人は口元を緩め、ポツリポツリと語りだした。

なんでも、寿司屋の主人はラリーのコンサート打ち上げ用の寿司やお造りの注文を受けているという。

「コンサートの後、移動中の車の中で食べるみたいなんや。なんで和歌山に泊まらへんのか聞いたら、ラリーが泊まるホテルが和歌山にない、って言われたんや」

ラリー絡みの奇遇な縁に、氷川は口にしたコハダの握りを零しそうになってしまった。

卓はアナゴの握りを手にしたまま聞き返した。

「……え？　ラリーの泊まるホテルがない？」

和歌山にホテルと名のつく宿泊施設はたくさんあるが、ラリーが納得する高級ホテルがないという意味だろうか。

「まぁ、明日のスケジュール次第で大阪に行ったほうが便利なんやろなぁ」

氷川は卓や八重とともにラリーや和歌山について語り合い、清和は黙々と絶品の寿司を食べ続けた。

寿司店は貸し切り状態で不審人物は現れない。心身ともにリフレッシュした楽しい時間だった。


寿司屋を出た途端、リキがのっそりと近づいてきた。

「社長、お時間です」

リキが告げた無情の知らせに、氷川の身体は強張《こわば》った。つい先ほどまでの浮かれた気分が一瞬にして吹き飛ぶ。

それでも、氷川は清和について東京に戻るつもりはない。

「清和くん、先に戻っていてね。僕も自分の仕事を終えたら東京に帰るから」

「……おい」

連れて帰る、と清和は凄絶《せいぜつ》な怒気を発した。

「清和くん、さぁ、リキくんと一緒に帰りなさい」

氷川は清和の逞しい背中を急《せ》かすように叩き、リキの前に立たせた。決して清和を引き留めたりはしない。また、清和に身体を抱き寄せられたりもしない。

卓と八重は人目も気にせず、ぎゅっと抱き合っていた。

「卓ちゃん、おおきに。おおきにやで。冥土《めいど》の土産になったわ」

清和が東京に帰るとなれば、卓も従わなければならない。八重は大粒の涙を流し、まるで今生の別れだ。

「八重お婆ちゃん、何が冥土の土産だよ。今年の夏の約束を忘れたのかよ」

「もうぞんぶ、これで思い残すことはのうなった」

生家跡や思い出の場所を訪れ、八重は心の底から満足したらしい。最期《さいご》を覚悟した風情がありありと漂っている。

「まだスカイツリーを見ていないだろう。八重お婆ちゃん、一緒に東京に来い」

卓は涙でうるうるに潤んだ目で、八重を真っ直ぐに見つめた。

「……え？」

八重はきょとんとした面持ちで固まったが、傍《かたわ》らで聞いていた氷川も仰天した拍子によろめいた。清和の手によって支えられたが、氷川の足には力が入らない。卓くん、そのセリフは、と。

「贅沢《ぜいたく》はさせてあげられないけど、俺が働いて八重お婆ちゃんを養う。俺が面倒を見るからついてこいよ」

卓は八重を抱き締めたまま、切々とした調子で言った。何も知らずにセリフだけ聞いていれば、完全な口説き文句だ。清和は無表情だが、驚愕《きょうがく》していることは間違いない。

卓、年上すぎないか、と。俺でも十歳差だ、と。

「卓くん、本当にええ子やなぁ。おおきに」

卓の言葉が嬉しいのか、八重の目から大粒の涙が溢れる。氷川はこんなに綺麗な涙を見たことがない。

「東京についてこいよ。俺、大切にするよ」

「こんな年寄りに優しくしてくれておおきによう」

「俺は本気だ。八重お婆ちゃん、何も持たなくていい。このまま東京に行くぞ。俺を信じてくれよ。八重お婆ちゃんを幸せにするから」

黙って俺についてこい、と卓は一昔前のヒーローの如きセリフを高らかに言い放った。普段は爽《さわ》やかな学生風の卓がいつになく熱い。

当然、氷川と清和の驚きのボルテージはさらに上がった。卓は八重を女性として見てい

るわけではない。卓がそういうつもりで言っているのではないとはわかっている。孤独な魂が引き寄せられただけなのだと、よくわかってはいるのだが。

リキはずっと無言だったが、腕時計で時間を確かめると、いつもより落ち着いた声で口を挟んだ。

「卓、お前は先生の助手としてここに残れ」

リキの指示に清和は首を振り、卓は涙に濡れた目を瞠《みは》った。

「いいんですか？」

「ああ、書道でもしていろ」

どんな経緯があったのか不明だが、卓は売れない書道家だと名乗っている。書道家として食えないから清和が経営する会社でバイトをしている、と。

実父が書道家であり、卓も実家を飛びだす前に書道家として出展していたから嘘ではない。何より、卓の文字は誰が見ても素晴らしい。

「ありがとうございます」

卓はリキの恩情に深々と腰を折った。もちろん氷川も、リキと清和の粋な計らいに笑顔を浮かべる。

卓は八重と手を取り合って喜んでいるが、清和の周りには暗雲が垂れ込めた。お前は連れて帰る、とばかりに清和は氷川の腕を摑む。

「清和くん、元気でね。いい子にしていてね」

氷川は聞き分けのない幼子に接するように清和に対峙した。けれど、氷川の腕を摑む清和の力は緩まない。

「おい」

清和の声音や迫力は、姉さん女房の尻《しり》に敷かれている亭主のものではない。

「リキくん、清和くんを連れて帰って」

僕を力ずくでどうこうできるわけないでしょう、清和くんはそんなこともわからないの、と氷川は清和を真っ直ぐに睨み据えたままリキに声をかけた。今の清和では埒が明かない。

氷川の名指しに観念したのか、リキは清和に一歩近づいた。

「社長、お時間です。今日のアポイントメントはキャンセルできません」

リキの無言の圧力に屈したのか、姉さん女房はどうにもならないと諦めたのか、清和はこれ以上ないしかめっ面で氷川の腕を放した。

氷川は素早く清和から離れる。

もっとも、一抹の寂寥感《せきりょうかん》で清和の肩に優しく触れた。

「清和くん、いい子だから待っていてね。諒《りょう》兄ちゃんはお仕事なんだ。清和くんがいい子で待っていてくれるって信じているよ。諒兄ちゃんを待っていてね」

氷川は清和の肩のみならずシャープな頬や頭も撫で回した。清和の凄絶な怒気は収まらないが、氷川の身体を拘束することはしない。

リキに低い声で急かされて、清和は氷川の前から立ち去った。

これが今生の別れではないのだから泣いたりはしない。すぐに再会できるはずだ、と氷川は清和の広い背中に手を振った。

3

昨夜《ゆうべ》と同じように、卓《すぐる》は八重《やえ》の屋敷に泊まることになった。ご多分に漏れず、八重の屋敷も老朽化が進み、あちこち危ないという。卓は書道家ではなく大工に変身し、八重の屋敷を補強するつもりらしい。

氷川《ひかわ》が冷蔵庫に買い込んだ食材を入れていると、来訪者を告げるチャイムが鳴り響いた。

また性懲りもなく、花嫁候補が土産を手に乗り込んできたのかもしれない。氷川はチャイムを無視しようとしたが、あまりにもしつこいので応対した。

ところが、玄関口には見覚えのない男が立っていた。

「初めてなんにこんな挨拶《あいさつ》でえろうすんません。この家の名義は丸不二川田《まるふじかわだ》院長やんなぁ?」

見覚えのない男が差しだした名刺には、株式会社『ナンショウワッハ』の代表取締役社長という肩書が記されていた。鶴田凜《つるたりん》という名にも記憶がない。

「はい?　ナンショウワッハの鶴田社長?」

地味なグレーのスーツに白いシャツ、日本製の腕時計、中肉中背、血色はいい。今売りだし中の若手芸人にどこか似ているが、とりたてて特筆すべき点はない。

「丸不二川田院長からワイン代の振り込みがないんや。期日はとうの昔に過ぎてもうた。約束通り、丸不二川田院長名義の家を引き渡してもらいまっせ」

鶴田は苦しそうな顔で言いつつ、三和土《たたき》で靴を脱ごうとした。氷川には鶴田の言っていることがまったく理解できなかった。

「どういうことですか？」

氷川は鶴田を玄関口に押し止めたまま、真剣な目で聞き返した。

「丸不二川田院長がワインの代金を払ってくれへんのや。悪いけど、兄ちゃんは荷物をまとめて出ていってぇや。手荒な真似はしたくないんや」

入院中の丸不二川田院長は、若い元妻の嗜好《しこう》につきあって高級ワインを浴びるように飲んでいた。その代金の支払いが滞っているのだろうか。どちらにせよ、氷川は鶴田と交渉する立場ではなかった。

「僕は丸不二川田病院の医師です。この家は社宅として与えられました。そういった話は丸不二川田病院にお願いします」

丸不二川田院長の息子である孝義《たかよし》の激昂《げっこう》する姿が、氷川の脳裏に浮かんだ。孝義は丸不二川田院長というより、若い元妻の愛里《あいり》の後始末に苦労している。

「お医者さん？　俺も困るんや。このままやったらうちも倒産するんや」

「鶴田社長、あなたは話をする相手を間違えています。丸不二川田院長と話し合ってください」

「丸不二川田院長はくたばったんやろ？」

あんなにピンピンしとったおっちゃんがくたばるなんて、と鶴田は泣きそうな顔になって頭を掻《か》く。

「まだご健在です。意識もはっきりしておられます」

氷川が語気を強めた時、門の向こう側にダウンジャケットを羽織った孝義が現れた。

「……あ、ナンショウワッハの鶴田社長、こんなところにおったんかい。とりあえず、今日は帰ってくれ」

どうやら、すでに鶴田は孝義を訪問していたらしい。氷川が住んでいる日本家屋は丸不二川田病院の裏手にあった。

「孝義先生、今すぐワインの代金を支払ってえや。払ってくれたら、俺かてこんな真似はせえへん」

鶴田は氷川から孝義に視線を流した。

「さっきも言っただろう。ワインとかワインバーとか、初めて聞いたんや。何がなんだかわけがわからへん。オヤジに確認するから待ってほしい」

孝義は恰幅《かっぷく》のいい紳士だが、今はいつになく余裕がない。鶴田の出現で慌てていることは明白だ。

「これ以上、うちも待たれへんのや」

「言っちゃなんだけど、この家を売ってもたいした金にはならへんよ」

孝義が真顔で厳しい現実を示唆すると、鶴田はコクコクと頷《うなず》いた。

「そやろな」

氷川が住居用として与えられた日本家屋は部屋数が多く、風流な庭もついているが、いかんせん、不便極まりない僻地《へきち》の物件だ。さしたる金額にはならないだろう。いや、買い手がいるのかさえ疑わしい。

「頼む、今日は帰ってくれ」

孝義が頭を下げると、鶴田はわざとらしく肩を竦《すく》めた。

「……ま、しゃあないな。今日はこれで帰りまっせ。明日、また来るさかいに頼んまっせ」

招かれざる客はようやく帰っていったが、孝義の顔色はすこぶる悪い。周囲には父親に対する怒りが渦巻いている。

「孝義先生、今のはなんですか？」

氷川が躊躇《ためら》いがちに尋ねると、孝義は息せき切ったように言った。

「氷川先生、えらいことになった。オヤジや愛里からワインバーの話を聞いたことがないですか？」

眞鍋《まなべ》組のシマにはお洒落《しゃれ》なワインバーが何軒もあるが、氷川が足を運んだことはない。確かめるまでもなく、この付近にワインバーどころか喫茶店もない。

「ワインバー？　……ああ、こんなところでなんですから」

氷川は孝義を居間に通し、熱いお茶を淹《い》れた。

なんでも、愛里は和歌山市内の繁華街でワインバーを開店する準備を進めていたという。愛里はすべて自分の名前ではなく、夫である丸不二川田院長名義で契約していた。難波《なんば》のナンショウワッハにワインを発注したのも丸不二川田院長の名前だ。

「……え？　和歌山でワインバー？　和歌山で？」

今日一日、氷川は和歌山がどれだけ少子化と不景気の嵐《あらし》に喘《あえ》いでいるか体験した。八重から聞く昔の和歌山の活気が作り話に思えたほどだ。寿司屋の主人も哀愁たっぷりに人で溢《あふ》れていた頃の和歌山を語っていた。

「ぶらくり丁《ちょう》でワインバーを開くとか？　今のご時世、ぶらくり丁でワインバーなんて正気の沙汰ちゃうで」

ぶらくり丁はかつて和歌山一の繁華街と称されていたが、今は閉店した店が並び、シャッター通りと化している。生き残っている店はあるが、ほんの一握りだ。

「丸不二川田院長がワインを飲んでいたことは知っていますが、ワインバーについては聞いたことがありません」

　愛里と親しかったわけではないが、ワインバーに関して聞いた記憶は一度もなかった。ただ、難波のワイン専門店でワインを購入していることは耳にした。だが、ワイン専門店はナンショウワッハという店名ではなかった。

「ぶらくり丁にはオヤジ名義のワインバーがあって、改装工事も終わっているし、ナンショウワッハから高級ワインが運び込まれたらしい。来月にオープンするつもりだったとか？」

「え？　来月オープン？」

「愛里に集客力はあらへん。素人から見ても借金を作るだけのワインバーや。オヤジもよく金を出しやがった」

　色ボケオヤジめ、と孝義は悔しそうに丸不二川田院長を罵《ののし》った。どれだけ丸不二川田院長が若い妻に溺《おぼ》れていたかは、氷川もよく知っている。

「愛里さんはワインバーをどうしたんですか？」

　愛里は離婚した際、丸不二川田家のめぼしい財産を奪っていった。すでに丸不二川田院長にまとまった資産はない。

「そのままにしていたんや」

　孝義は苦しそうにこめかみを指で揉《も》んだ。

「……え？」

「愛里はうちから先祖代々の家宝を持ちだして二束三文で売り払っておきながら、ワインバーはそのまま放置しているんや。わけがわからん」

「僕もわけがわかりません。五十嵐《いがらし》先生なら何かご存じなのではないですか？」

五十嵐も氷川と同じように清水谷《しみずたに》学園大学の医局から回された医局員であり、騙《だま》されたような形で丸不二川田病院にやってきて働いていた眼科医だ。研修医なのに指導医がおらず、五十嵐は辛酸を嘗《な》め尽《つ》くした。それでも、医療ミスを起こさず、患者のために奮闘してきた好青年だ。氷川より丸不二川田院長と愛里の関係を知っている。

「五十嵐先生もワインバーは知らへんかった」

丸不二川田病院が黄昏色《たそがれいろ》に染まった頃、鶴田が契約書持参で乗り込んできたという。その時点で孝義は五十嵐に確かめたそうだ。

「そうですか」

「困った」

サインは丸不二川田院長自身の筆跡だし、契約書に不審な点はなかった。鶴田もワイン代金を回収しないと不渡りを出しかねないと、三時間近く粘られたのだ。

「愛里さんのことだから、きっと高いワインを発注していますよね？」

氷川の瞼《まぶた》にワインを上品に嗜《たしな》む藤堂《とうどう》の姿が浮かんだ。明和《めいわ》病院の副院長もワインが好きだが、値段で飲むタイプではなかったはずだ。しかし、愛里はワインを値段で飲んでいるフシがあった。

「そう簡単に入手できないワインをようけ注文しちゃうで。アホや、大都会ならともかく、ここでそんな高いワインを誰が飲むんや」

「ロマネ・コンティとか？」

氷川はワインに詳しくないが、ロマネ・コンティがいかなるものかは知っている。愛里が真っ先に飛びつきそうなワインの中のワインだ。

「そや、そんな名前やったかな」

「すごい値段ですよ。キャンセルしましょう」

「もうキャンセルできへん、って言うんや」

鶴田社長から提示されたワイン代の総額を知り、氷川は度肝を抜かれた。氷川の貯金を掻き集めても足りない。

「払えますか？」

「払えん」

丸不二川田院長は愛里に夢中になるあまり、再婚に反対した孝義名義の屋敷や財産を取り上げた。それまで孝義一家が暮らしていた屋敷も所有していた土地も、愛里名義に書き替えられている。愛里は丸不二川田院長と離婚した時、叩《たた》き売《う》って金にした。

「そうでしょうね」

「参った、参った、参った。あの色ボケオヤジ、いったい何をしていたんや」

孝義の気持ちはよくわかるが、ここで氷川も一緒になって丸不二川田院長を罵倒《ばとう》している場合ではない。

「念のため、丸不二川田院長に確認を取りましょう。顧問弁護士の有本《ありもと》先生にも相談したほうがいいです」

氷川が今後の手段を講じた時、孝義の携帯電話が鳴り響いた。入院患者の容態が急変したのだ。

氷川が担当している入院患者の高熱も下がらないという。氷川は孝義とともに丸不二川田病院に向かって走った。


何がどのように伝わったのか不明だが、入院中の患者の間では、氷川が地獄の使者に攫《さら》われたという噂《うわさ》が流れていた。

当然、丸不二川田病院内に池の祟《たた》りは浸透している。丸不二川田院長の離婚や再婚、病気も池の祟り説に拍車をかけた。

「氷川先生、池から出てきたんやな？　池の中から来てくれたんやな？　おおきによう」

患者は高熱に浮かされながら、氷川の手をぎゅっと握り締めた。

「僕は無事です。池の祟りには遭っていません」

「池のお使いに攫われてもうたんやなって。池の幽霊も意地悪やなぁ」

「あの子たちは池のお使いじゃありません。僕の親戚《しんせき》の子です」

「地獄の閻魔《えんま》さんよりおっちい男なんやて？」

眞鍋が誇る龍虎《りゅうこ》コンビには『地獄の閻魔より怖い』という形容がついていた。極道界でも『怒らせたら地獄の閻魔より怖い』と囁《ささや》かれている。確か、ショウもそんなことを言っていたはずだ。

「体格はいいし、顔立ちもきついし、迫力もあるけど、池のお使いじゃないですよ。地獄の使者でもありませんからね」

氷川は根気よく説明したが、とうとう清和《せいわ》とリキの地獄の使者疑惑は晴れなかった。今の氷川は地獄から甦《よみがえ》った内科医だ。

「おら？　おらおらおらおおら？　氷川先生が地獄から遊びにきちゃうで」

愛想のいい患者が氷川を見た途端、顔をくしゃくしゃにして喜んだ。

「氷川先生、おっちいお使いに引《ひ》き摺《ず》られていってもうたんやな。池の底は寒いやろう。温まっていきや」

少しでも目を離すと畑に行ってしまう患者は、氷川に自分の毛布をかけようとした。

「氷川先生、地獄の鬼にいじめられたら逃げてきなぁよ」

莫大《ばくだい》なワインの代金も気になるが、氷川の目下の悩みは池の祟りの被害者となった自分自身だ。

「どう言えばわかってくれるんだろう」

氷川の苦渋に満ちた言葉に、ベテラン看護師が声を立てて笑った。

「氷川先生、諦めてください。氷川先生は地獄から甦った医者です」

一瞬、氷川は何を言われたのか理解できず、きょとんと聞き返した。

「……え？」

「たとえ、氷川先生が本当に地獄から甦った医者だとしても、患者さんにしてみればなんの問題もありません。患者さんにとって氷川先生は頼りになる医者です」

ベテラン看護師が指摘した通り、患者たちの態度は氷川が赴任した時からまったく変わらない。何しろ、氷川が初めて丸不二川田病院に足を踏み入れた時、患者たちに拝まれてしまったぐらいだ。氷川が回診で訪れると、嬉《うれ》しそうな顔で迎えてくれた。

「そういえばそうですね」

「氷川先生が地獄から甦ったゾンビ医者でも、患者さんたちはきっと怖がったりしませんよ」

ベテラン看護師に尊敬の目で見つめられ、氷川は恐縮してしまった。

「ゾンビ医者もいいかもしれません」

「はい、丸不二川田病院がこうやってあるのも、患者さんたちが無事なのも、氷川先生がゾンビになるぐらい頑張ってくれたおかげです」

丸不二川田病院の患者たちが無事だったのは、氷川が寝る間も惜しんで奮闘した結果だと、スタッフの誰もがわかっている。ベテラン看護師は、丸不二川田院長と愛里に怒り、丸不二川田病院を退職したが、ずっと患者のことは気になっていたという。さりげなく、様子を見たり、こっそりと陰から手助けをしたらしい。

都会の病院とは違った絆《きずな》がこの地にはある。

氷川が軽く微笑《ほほえ》んだ時、寝たきりの患者の悲鳴が響き渡った。

「いやや～あのおなごはいやや～あのおなごは～萌香《もえか》はおっちいからいややと言うたやんか～優しい妙《たえ》ちゃんに替わってけぇ」

愛里の関係者で占められていた丸不二川田病院では、頻繁に耳にした悲鳴だ。氷川がベテラン看護師と一緒に病室を覗《のぞ》くと、気立てのいい看護師が優しく宥《なだ》めていた。

「うちが妙子やで。よう見てや」

「妙ちゃんか？　あのおっちい萌香ちゃうか？」

「そや、妙子やで。安心してや」

「妙ちゃん、どこ行っとったんや。わしゃ、おっちいおなごに殺されたわしよ」

氷川とベテラン看護師は目を合わせると、どちらからともなく溜《た》め息《いき》を漏らした。こういったことは初めてではない。

「氷川先生、あの丸不二川田院長の元奥さん？　あの愛里さんの従姉《いとこ》の萌香はひどかったみたいやね？　たくさんの患者さんが今でも萌香に魘《うな》されちゃうんよ」

愛里の従姉は問題がありすぎる看護師で、患者の評判もすこぶる悪かった。氷川も冷や汗を掻いたが、患者の扱いが乱暴なのだ。今でもトラウマが残っている患者が少なくない。

「はい、僕も何度注意したかわかりません。看護師免許を取得しているとは思えませんでした」

明和病院ならば即刻解雇の対象になる看護師だった。

「萌香は無能の極みやったみたいね」

「僕は彼女に資格を与えたことが不思議でなりません」

ベテラン看護師が同意するように相槌《あいづち》を打った時、大部屋から氷川が担当している患者の泣き叫ぶ声が聞こえてきた。あちらもすでにいない萌香に対する恐怖ゆえの叫びだ。

皆が皆、そういうわけではないが、老人、それも入院中の老人は非常に狭い世界で生きている。たったひとりの看護師によって凄《すさ》まじいトラウマを植えつけられ、後々まで尾を引くことも珍しくない。

　氷川はベテラン看護師とともに萌香の後遺症に苦しむ患者を粘り強く宥めた。

　氷川が丸不二川田病院を出た時、夜の十一時をとっくに過ぎていた。風呂《ふろ》に入って、身体を温める。

　風呂場の窓から入る夜風が心地よい。田舎暮らしに不満を並べた清和の舎弟たちも、風流な風呂には感嘆の声を上げたものだ。

「気持ちいい。清和くんにも入ってもらいたかったな。無事に帰ったかな……無事に帰ったよね……」

　あまりにも病院業務がめまぐるしく、清和に想《おも》いを馳《は》せる間もなかった。何より、降って湧《わ》いたようなワイン騒動に、丸不二川田病院のスタッフは騒然とした。丸不二川田病院には日本酒党が多く、ワインに詳しい者はひとりもいない。

　孝義は早急に大阪の病院に入院している丸不二川田院長に確認した。結果、ワインバー開店の計画は事実だった。丸不二川田院長は名義を貸しただけで、愛里がすべてする手筈《てはず》になっていたという。

『……え？　オヤジは発注内容も確かめずにサインしたんかい。いったいどこまで耄碌《もうろく》しとったんや』

孝義は電話口で激昂したが、丸不二川田院長も仰天しただろう。会話の内容から察するに、丸不二川田院長は愛里がそんな高いワインを発注していたと知らなかったらしい。和歌山という土地柄を考えるようにと、丸不二川田院長は愛里に注意したようだ。

孝義は丸不二川田院長と話し終えてから、土色の顔で顧問弁護士に連絡を入れた。下手をしたら、丸不二川田本家が奪われるだけではすまない。丸不二川田院長が自己破産しても、それでどうにかなるとは思えなかった。こともあろうに、丸不二川田病院も抵当に入っているという。

ワインの代金は気がかりだが、氷川にはどうすることもできない。ただただ上手く収まることを願うだけだ。

さしあたって、明日のために充分な睡眠を取る。

氷川は風呂から上がると、南紀《なんき》の名水で喉を潤し、布団に横たわった。清和が隣にいないのが寂しい。けれど、自分の選択を後悔してはいない。

「清和くん、おやすみなさい」

氷川は愛しい男を胸に抱き、静かに目を閉じた。連れ戻しに来てくれて嬉しかったよ、と清和には言えなかった本心を吐露しながら。

4

翌朝、氷川《ひかわ》は起床時間を知らせる目覚まし時計の音で目覚めた。孝義《たかよし》がいるので、丸不《まるふ》二川田《じかわだ》病院から呼びだしが少なくなり、体力的にも精神的にも楽になっている。

氷川はひとりだと手の込んだ朝食を作る気になれない。野菜ジュースですませようとした時、卓《すぐる》が八重《やえ》が作った朝食を運んできた。

「卓くん、八重さんにお礼を言っておいて」

氷川は感謝を込めて言ってから、昔ながらの朝食に箸《はし》を伸ばした。八重の作る味噌汁《みそしる》は薄味だが、出汁《だし》がよく効いて美味《おい》しい。

「はい」

卓は八重が作った白菜の常備菜を冷蔵庫に収める。

「八重さん、昨日は久しぶりの遠出だったみたいだし、疲れていないかな?」

夫を亡《な》くして以来、かれこれもう何十年も経つのに、八重の行動範囲はとても狭い。

「ああ、疲れたみたいですが元気です。ずっと嬉《うれ》しそうにあちこち回ったことを話していました」

「八重さんには身寄りがいないんだよね。卓くん、ここにいる時は八重さんのお宅に泊まらせてもらいなさい」

僕のことは心配しないでもいいよ、と氷川は茶碗《ちゃわん》に手を添えたまま続けた。清和《せいわ》を筆頭に眞鍋《まなべ》組が最も案じているのは、二代目姐《あね》である氷川の浮気だ。特に若い眼科医の五十嵐《いがらし》に神経を尖《とが》らせている。氷川にしてみれば馬鹿馬鹿《ばかばか》しくてたまらない。

「ありがとうございます」

「……で、八重さんの何に引っかかっているの？」

氷川はカブの漬物を箸でつまみつつ、ずっと気になっていたことを聞いた。

「……姐さん？」

卓は意表を突かれたのか、上体を派手に揺らした。

「卓くんにとって八重さんは本当のお祖母様《ばあさま》みたい……ううん、お母様代わりかな？　それにしても普段とちょっと違うよね」

氷川が優しく微笑《ほほえ》むと、卓は畳に手をついた。

「姐さん、ご炯眼《けいがん》、恐れいります。二代目の和歌山行き、俺は志願して同行させていただきました。理由は八重お婆ちゃんが心配だったからです」

東京に戻ってからも、卓は頻繁に八重に連絡を入れていた。あれは八重の無事を確認するためのものだったのだ。

「八重さんが詐欺に遭いやすいタイプだって知っている。どこまでできるかわからないけど、僕も気にかけておくから卓くんが心配していることを教えてほしい」

氷川が丸不二川田病院の実質的なトップとして奮戦していた時、卓は世間知らずの八重に忍び寄っていた詐欺を見破った。卓にしてみれば、八重が不幸な死に方をした自分の母親に重なったのだろう。それ以来、卓と八重の仲は急接近したのだ。卓に両親も親戚《しんせき》もいないと知ると、八重は養子にしたがり、財産を譲ろうとまでした。

「……前、八重お婆ちゃんを食い物にしようとしていたヘルパーを追い払った後です。何度か、八重お婆ちゃんの家でメシやお茶をご馳走《ちそう》になりました。その時、俺は階段を踏み抜きました」

階段を踏み抜くなど、知能派の卓らしからぬ所業に、氷川は口からシイタケの煮物を零しそうになってしまった。

「……え？　卓くんが壊しちゃったの？　信司《しんじ》くんやショウくんみたいに？」

信司やショウも卓とともに病院のスタッフとして頑張ってくれたが、古い壁や床、手すりを何度も破壊した。人は治せないが壁や床なら直せる、と公言して修理したから見逃したけれども。

「信司やショウと一緒にされるのは心外です。俺は乱暴に歩いていません。古い階段ですから静かに上がっていました」

卓には卓の自尊心があるらしく、爽《さわ》やかに整った顔に影が走る。氷川も卓に動作を注意したことはない。それどころか、礼儀正しい立ち居振る舞いにはいつも感心していた。

「……ん、丸不二川田病院もガタガタだけど、八重さんの家もガタガタなんだね」

付近には危険指定された民家が何軒も並んでいる。老朽化が著《いちじる》しいのは、八重の屋敷だけではない。住人は高齢者ばかりだから、家の修理まで手が回らないのだ。

「八重お婆ちゃんの家は古い。けど、階段はそうでもなかった。八重お婆ちゃんは階段には金をかけていました」

八重は頼る人がいないからと、自分が病気をしないように、怪我《けが》をしないように、常々家には気を配っていた。肝心なところである、階段の修理や補強に手を抜いたりはしない。

「悪徳業者の手抜き？　ミス？」

氷川の脳裏には善良な老人をターゲットに絞った悪徳業者の暗躍が過《よぎ》る。まったくもって許しがたい。

「確証はありませんが、階段に誰かが細工をしたんだと思います。階段にわざと傷をつけて……」

卓の言葉を遮るように、氷川は荒い語気で尋ねた。

「なんで？」

「理由は知りません。ただ、あの高さから八重お婆ちゃんが落ちたらどうなるか……骨折ぐらいじゃすまないかもしれない」

八重が階段から転げ落ちたらどうなるか、氷川は想像しただけで背筋が寒くなる。愛里《あいり》の従姉《いとこ》である看護師が、寝たきりの患者を車椅子《くるまいす》から落とした時、氷川は自分の心臓が止まったかと思った。

「うん、打ち所が悪かったら死んでしまう」

老人の死亡場所と並び負傷場所として最も多いのは自宅だ。

「階段の手すりも俺が手を触れただけで壊れました」

八重の生活の中心は一階であり、滅多に二階には上がらないという。階段の上り下りには注意し、手すりに摑《つか》まっているそうだ。

「階段の手すりも?」

「俺には偶然だと思えなかった」

それらを偶然だと思うほど、卓は平和な人生を送っていない。氷川も卓の見解に異論はなかった。

「そ、それで?」

「昨日、八重お婆ちゃんの家を隅から隅まで調べました。階段や手すり、二階の窓に新たな傷を見つけました」

卓は八重と再会してすぐ、さりげなく屋敷内を調査したという。階段や手すり、二階の窓に細工された跡を発見し、危機感を募らせた。

「……え？」

氷川が身を乗りだすと、卓はきつい目で断言した。

「誰かが八重お婆ちゃんの命を狙《ねら》っています」

「どうして？　八重さんは人から恨まれるようなタイプじゃない」

氷川が知る限り、八重は最も控えめでいて淑《しと》やかな老女だ。病院内で開催される井戸端会議でも、ほかの患者を押しのけて喋《しゃべ》るタイプではない。

「姐さん、常々申し上げております。恨まれて狙われるより、ナメられて狙われることのほうが多いんですよ」

卓は良家の子息として何不自由なく育ったが、無知で世間知らずな叔父のせいで、すべてを失った。淑やかな母も侮られた結果、不幸な死で最期を迎えた。

「……ん？」

ナメられたら終わり、と清和のみならず修羅《しゅら》の世界で闘う男は口を揃《そろ》える。氷川もそれは身に染《し》みて知っている。

「ご近所一帯で……いや、町内で一番、詐欺師に狙われやすいのは八重お婆ちゃんです」

八重には身寄りもいないし、まとまった資産を所有している。何より、名家の姫は年老いても世間知らずでおっとりとして、何事が起こっても騒いだりしない。詐欺師には格好のターゲットだ。

「八重さん、また詐欺師に狙われた？　今度は命まで狙う詐欺師？」

「詐欺師じゃないと思いますが」

卓の意味深な口ぶりで、氷川は思い当たった。

「卓くん、その様子だともう犯人の目処《めど》がついているの？」

「まだはっきりしたことは言えません」

俺の勘違いかもしれないし、と卓は伏し目がちに続けたが、八重を狙う相手の目星はついているようだ。

「卓くん、八重さんの家の階段はどこの会社が補強したり、修理したりしているの？」

八重の屋敷に出入りする者は限られている。他人の家の階段や二階の窓に細工するなど、簡単にできないはずだ。

「ご近所の、稲垣《いながき》さんです」

稲垣といえば孝義の母親である律子《りつこ》の実家だ。つまり、丸不二川田院長が捨てた糟糠《そうこう》の妻の実家である。だが、律子は愛里に身ぐるみを剝《は》がされ、不自由な身体になった丸不二川田院長を許した。今現在、律子が丸不二川田院長の世話をしている。氷川は言葉では表現できない夫婦の絆《きずな》にしみじみと感じ入ったものだ。

「稲垣さん？　律子さんの弟さんだよね？」

氷川が茶碗《ちゃわん》を転がしそうになると、卓がすんでのところで支えた。

「はい、律子さんの弟さんですが腕のいい大工なんですよ。リフォームとか、シロアリ駆除とか、八重お婆ちゃんの家のあれこれを一手に引き受けています」

氷川の耳にも律子の弟の評判は届いている。ショウや信司が病院の床を踏み抜いた際、患者の誰もが律子の弟を推薦したのだ。姉の律子と同じように弟も信頼され、頼りにされている。

「絶対に違う、律子さんもその弟さんもいい人だよ」

氷川は律子の弟を患者として診察してはいないが、孝義が戻ってきてから何度か話をした。こちらが何も言わずとも、律子の弟は丸不二川田病院の危険な箇所を修理してくれたのだ。

「はい、俺もそう思います」

卓も律子の弟に全幅の信頼を寄せている。それに、八重と律子の母親は茶飲み友達だ。律子の実家には八重用の湯飲みやカップがある。八重の家にも律子の母親用の湯飲みやカップがあった。

「律子さんの弟さんならもっと上手《うま》く細工するだろうし、第一、狙う理由がない……と思うんだけどあるの？」

「八重お婆ちゃんの財産は人を惑わせるには充分なものです。八重お婆ちゃんは実家の財産も相続していますから」

紀州徳川家《きしゅうとくがわ》の上級士族だった八重の実家の財産ならば、いちいち確かめなくてもわかる。資金繰りに苦しむ暴力団のターゲットになりうるだろう。

「八重さんは遺言書を書いているのかな？　卓くんを養子にしたい、って泣いていたよね？」

卓は八重の財産狙いで接近したわけではない。純粋に祖母とも母とも慕っているのだ。けれど、八重は卓を養子にしたがっているし、財産も譲りたがっている。氷川の眼裏《まなうら》に身寄りのない老人の最期が過る。

「俺は養子の話を断っています。八重お婆ちゃんの財産も断った……それでも、俺の存在に焦った奴がいるんでしょう」

八重を狙っている相手を炙《あぶ》りだすつもりなのか、卓の全身から青い闘志が発散される。深窓の姫君を守る侍そのものだ。

「八重さんには家族も親戚もいないと聞いたけど、血の繋《つな》がっていない遠縁がひとりぐらいいないの？」

「ひとりも残っていません」

氷川はさらに八重の遠縁関係について尋ねようとしたが、卓に時間を示され、慌てて朝食を平らげた。

八重のことは気がかりだが、卓に任せるしかない。氷川には医師としての自分に課せられた使命がある。

池の祟《たた》り説が蔓延《まんえん》している中、普段と同じように、氷川は老いた患者を診《み》た。

せわしない外来診察を終えた後、氷川は気がかりな患者について孝義たちと話し合った。胃にガンを発見したが、心臓の悪い高齢者は手術に耐えられない。クセのある外科医も、手術には反対した。

家族の意見を尊重することに決めた時、病院内に患者たちから掠《かす》れた悲鳴が上がった。

「池の祟りや〜っ」

「地獄からのお使いや〜ぁ」

「氷川先生を連れ戻しに来たんやな。あかん、あかんで。氷川先生はうちらの大事な先生なんや」

患者たちの恐怖に満ちた声から、氷川は屈強な男が丸不二川田病院に乗り込んできたと知った。

清和は東京に帰ったと思ったが、帰らなかったのだろうか。清和とリキが丸不二川田病院に顔を出せば、信心深い患者たちが騒ぐのは目に見えていた。

清和くん、患者の血圧を上げないで、と氷川は険しい形相で騒動のもとに向かった。孝義や外科医、眼科医の五十嵐もついてくる。

「……え？　ナンショウワッハの鶴田《つるた》社長？」

正面玄関から続く廊下を悠々と歩いてくるのは、ワインの代金支払いを迫っているナンショウワッハの鶴田だ。背後には一目でヤクザだとわかる男たちが二十人近く並んでいた。

「……ヤクザやったんかい」

孝義が呆けたようにポツリと零すと、鶴田は苦渋に満ちた顔で一礼した。

「孝義先生、こんな大勢で押しかけてすんまへん。せやけど……せやから、こっちも大変なんや。今すぐ、ワインの代金を払ってぇな」

鶴田がヤクザなのではなく、鶴田もヤクザに脅《おど》されているのか、どちらか定かではないが、背後の男たちの人相の悪さは半端じゃない。その典型的な極道ファッションも、周囲を圧倒した。

服装やアクセサリーの趣味が悪すぎる、清和くんの舎弟たちのほうが可愛《かわい》いな、と氷川は思わず鶴田一行と清和に付き従う構成員たちを比べてしまう。

「患者さんの前や。こちらに」

孝義は冷静に対処しようとしたが、鶴田は手を小刻みに振った。

「奥の部屋でまたのらりくらりと躱《かわ》すんかいなぁ？　もうそんな場合ちゃうんや。丸不二川田院長がワインの代金を払ってくれへんかったら俺も首をくらなあかんのや」

鶴田が悲鳴に近い声を上げると、背後にいた男たちの目がギラリと光った。そうだ、と言わんばかりに頷《うなず》いたのは顔にタトゥがある大男だ。

タトゥがあるってことは新しいタイプの暴力団なのかな、きっと末端の構成員だよね、と氷川は顔のタトゥから判断した。

氷川はひょんなことから知ったが、眞鍋組においてタトゥは禁止されている。素人《しろうと》から見れば、タトゥも刺青《いれずみ》もさして変わらないが、極道の世界ではだいぶ違うらしい。昔気質《かたぎ》の極道は言わずもがな、それ相応のヤクザはタトゥを嫌った。

「その話は顧問弁護士に任せたんや。顧問弁護士から聞いたやろう？」

「そんなん、あげな弁護士先生の話はなあなあであかん。あんなアホな話があるかいな。丸不二川田院長が入院中なら、息子さんがお父ちゃんの代わりにワインの代金を払ってぇな」

「無理なんや」

「無理ちゃうやろ。孝義先生ならいくらでも金を作れるやんか。そうでないとこっちもホンマに困るんや」

鶴田の背後から金髪頭が口を挟んだ。

「孝義先生、うちが孝義先生に金を貸しますさかい、その金でナンショウワッハにワインの代金を払うってのはどうでっしゃろ」

金髪頭が差しだした名刺には、『西坂《にしざか》ローン』という会社名が記載されていた。十中八九《じっちゅうはっく》、法外な利息で金を貸す高利貸だ。

「借りても返す当てがない」

「孝義先生の腕ならすぐに返せまっせ。なんなら、うちが仕事を回すさかい」

医者がヤクザに魂を売り渡したら、いくらでも金を稼げるだろう。

「ここは病人がおる病院や。帰ってください。その話はすべて顧問弁護士に一任していますから」

孝義が毅然《きぜん》とした態度で正面玄関を示した。氷川にしても椅子で石化している患者たちの顔色が心配でならない。

「おいおいおい、こっちをナメとんのか？　注文したワインの代金を払わんでバックれるとはどういうことや。それが人としてすることとかっ」

スイッチが入ったのか、西坂ローン会社の社長が鬼のような形相で怒鳴った。周りにいた男たちもいっせいに大声で叫び、ヒビの入った廊下を踏み鳴らし始める。壁を叩《たた》き、廊下の端に置かれていた車椅子やストレッチャーを蹴《け》り飛《と》ばした。

「おらーっ、池の祟りや、おっちいお使いが暴れちゃうで」

「おら？　カメちゃん、息をするの忘れたらあかんで」

「トメ吉《き》っちゃん、真っ白な目でふるふるしちゃうやんか」

なんまいだ～なんまいだ～の患者たちの合掌にも躊躇《ちゅうちょ》せず、ヤクザというよりチンピラじみた男たちは暴れ続ける。

氷川は呼吸困難の患者に駆け寄り、外科医は白目を剝《む》いた患者に駆け寄る。若い眼科医の五十嵐は警察に通報しようとしたが、髪の毛を赤く染めた男に阻《はば》まれてしまう。

「患者に何をする気や？」

孝義が食ってかかったが、鶴田は涙目で手を振った。

「せやから、俺も困っとるんや。俺にはどうすることもできへんねんや。すぐにワインの代金を払ってえな」

「何度も言っているやろう。顧問弁護士に一任しているんや」

「ワインの代金を払わへんつもりか？」

「顧問弁護士のところに行ってくれ……ああ、タダお婆ちゃんを処置室に運んでや」

孝義も失神した患者に駆け寄ろうとしたが、鼻ピアスの男に羽交《はが》い締《じ》めにされた。今にも凶器が飛びだしそうな空気だ。

「せやからな、孝義先生、ワインの代金を払ってくれへんからこうなるんや。医者のくせに俺らを殺す気なんか？　医者が人殺しか？　人殺し相手に優しくできへんで？」

鼻ピアスの男は孝義を拘束したまま、殺気を帯びた声で脅迫した。

「……放しなさい」

孝義は恐怖で怯えているが、医師としての使命感と矜持《きょうじ》でなんとか堪《こら》えている。

「金がないなら、貸してやると西坂ローンの社長が言うとうやんか。ちゃっちゃと手続きせえよ」

「その手を離しなさい、タダお婆ちゃん、大丈夫か……」

騒動を聞きつけた看護師が集まり、具合が悪くなった患者たちの手当てをする。氷川は目の前で倒れた患者の手当てに必死で、チンピラじみた男たちに構っていられない。チンピラじみた男たちのターゲットは、丸不二川田院長の跡取り息子である孝義だ。

「孝義先生、悪いのはどっちや？　うちらが悪いんやないで？　悪いのはそっちやろ？　頭のいいお医者さんがどうしてそんなこともわからへんのや？」

チンピラじみた男たちは手当たり次第、病院内を破壊しているように見えるが、物品はひとつも壊れていないし、患者や医療スタッフにも手を上げていない。ナンショウワッハの鶴田は一言も怒鳴らず、孝義の前でおろおろしているだけだ。

「孝義先生、家や病院を売ってでも金を返すのがスジちゃうんか？　スジも通さへんのに、人の命を預かるとか、偉そうなことは言わさへんで」

「……う」

孝義が西坂ローンの社長に屈服しかけた時、どこからともなくパトカーのサイレンが響いてきた。

「……サツか？　サツに話を聞いてもらうか？」

西坂ローンの社長はパトカーのサイレンにも動じなかったが、若い男たちは慌てふためいた。誰がサツに通報したんや、とスキンヘッドの大男はいきり立っている。

「また来るわ。俺らかて来たくないけど、ワインの代金を回収するまで来なあかんのや。ナメんとってな」

西坂ローンの社長のセリフが合図になったのか、招かれざる団体は正面玄関から足早に出ていった。

氷川と孝義は顔を見合わせ、どちらからともなく安堵《あんど》の息を漏らす。

「……おおきに。誰が警察に連絡してくれたんや？」

孝義が掠れた声で尋ねたが、返事は誰からもなかった。氷川にしろ外科医にしろ看護師にしろ、目の前の患者に対応するのに必死でそれどころではなかった。

「……え？　誰も警察に通報してへんのか？　ご近所の誰かが気づいてくれたんかな？」

パトカーのサイレンが大きくなったかと思うと、正面玄関に卓と八重がひょっこりと顔を出した。卓の手には小型レコーダーがある。

「この手が使えるのは一度だけです。次、同じ手は使えませんせん」

卓は明瞭《めいりょう》な声で言ってから、小型レコーダーから流れるパトカーのサイレンを切った。

「……そ、そうやったんか、卓ちゃん、おおきに。助かったで。おおきに」

孝義が蚊の鳴くような声で感謝したが、卓は首を大きく振った。

「孝義先生、どんなに脅されても、あいつから金を借りちゃ駄目ですよ。家や病院を取り上げられるだけじゃすまない。孝義先生の家族や奥さんの実家にまで被害が及びます。一族ドミノ破産しても逃げ切れない」

卓にいちいち説明されなくても、氷川にも西坂ローンの手口がわかる。世俗に疎《うと》い孝義でも、顧問弁護士に注意されているのか、瞬時に理解したようだ。

「……わ、わかっちゃうで……患者さんが倒れたから焦ったけど……せやけど、もうどないしたらええんや」

孝義は辛《つら》そうに頭を抱えたが、悠長に嘆いている時間はない。ベテラン看護師に呼ばれ、患者が運び込まれた処置室に向かった。

もちろん、氷川も処置室に向かう。こんな馬鹿げた騒動で、どの患者の命も落とさせたりはしない。

鶴田や西坂ローン社長一行は丸不二川田病院からいったん引き揚げたものの、付近を回っていたらしい。こともあろうに、丸不二川田病院と隣接している丸不二川田本家にも乗り込んだという。今現在、丸不二川田本家には孝義の一家が暮らしている。たまたま居合わせた役所関係者が追い返してくれたそうだが、このままでは孝義の妻子の身が危ない。孝義の妻は子供を連れて、和歌山市の中心部にある実家に戻った。せっかく、孝義と一緒に戻ってきてくれたのに、と誰もが肩を落とした。

丸不二川田病院中が重苦しいムードに包まれていた。

「……え？　あの鶴田社長たちが律子さんの実家にも押しかけた？」

氷川が楚々《そそ》とした美貌《びぼう》を曇らせると、五十嵐は真っ青な顔で言った。

「さっき患者さんから聞きました。丸不二川田院長と孝義先生が関係しているところを、片っ端から当たっているみたいです」

孝義先生の代わりに払ってえや、とナンショウワッハの鶴田は泣きながら孝義の関係者に迫っているという。

「それは違法じゃないの？」

眞鍋組も消費者金融のみならず法定外の金利で金を貸す闇金融《やみきんゆう》を営んでいるが、どちらも昔のように厳しい取り立てはできなくなったはずだ。かといって、取り立てなくては貸した金は回収できず、眞鍋組関係者は知恵を絞り、ギリギリのラインを辿《たど》っていると聞いた。

「専門外なので知りません」

五十嵐にきっぱりと言われ、氷川もコクコクと頷いた。

「僕も知らない。知らないけど、そんな闇金みたいな取り立てはできなくなったんじゃ……なかったのかな……違うのかな？」

「あの西坂ローンって闇金ですか？」

五十嵐に食い入るような目で尋ねられ、氷川は苦笑を漏らした。

「僕が知るわけないでしょう」

「あの鶴田社長も西坂ローンに脅されているんでしょうか？」

丸不二川田病院での様子から判断すれば、ナンショウワッハの鶴田は西坂ローンに借金をしているのかもしれない。最初から最後まで、鶴田は一度も声を荒らげたりはしなかった。相手が誰であれ、泣き顔でワインの代金を迫るだけだ。

「だから、僕に聞いてもわからないんだ」

鶴田に気をつけてください、と卓にそっと耳打ちされている。もしかしたら、鶴田と西坂ローンはがっちりと組んでいるのかもしれない。由々しき事態を想定し、氷川はあえて五十嵐には告げなかった。

「せっかく孝義先生が戻ってきて、丸不二川田病院が生き返ったのにこんなことになるなんて……」

愛里もとんだ土産を残したものだ、と誰もが丸不二川田院長の若い元妻を罵倒《ばとう》した。今、愛里がどこで何をしているのか、誰も知らないという。たとえ、愛里がこの惨状を知っても、掠め取った金を丸不二川田院長のために返したりはしないだろう。

「丸不二川田院長は自己破産するつもりでしょうか？」

ひとりで歩くことさえできなくなった丸不二川田院長に、追い討ちをかけるようなワイン騒動だ。哀れだが、愛里をさんざん甘やかし、高級ワインを買わせてしまったのは紛れもない事実である。

「はい」

「自己破産しても取り立てるつもりかな？」

「そうでしょうね」

丸不二川田病院に蔓延する池の祟り説に拍車がかかったのは言うまでもない。なんにせよ、氷川は患者の間を走り回るだけだ。

「氷川先生、池の祟りから逃げられたんやな？　どないしたら池の祟りから逃げられるんか教えてけぇ」

喘息《ぜんそく》患者のトミエに白衣の裾《すそ》を摑まれて問われ、氷川はにっこりと微笑んだ。

「意識をしっかりと持つことです。僕は平気、僕は健康、僕は無事、って思い込むんですよ。元気になる、ってトミエさんも思い込んでください」

「わしのことはええんや。わしはもうどうでもええんやしよう。もう生きていとうないんや」

「何を言っているんですか。まだまだですよ」

トミエは八十二歳だが、平均年齢がすこぶる高いこの辺りでは平均以下だ。何しろ、丸不二川田院長でさえ、青年に分類されている土地だ。

「池の祟りなんや。わしの娘婿も丸不二川田院長先生みたいにおかしゅうなった。池の祟りがおっちい」

「トミエさんの娘婿？　ああ、弁護士さんの？　有本《ありもと》先生ですね？」

トミエの娘婿は丸不二川田家の顧問弁護士であり、丸不二川田院長の同級生であった。今回のワイン騒動では親身になって動いているという。孝義にしても氷川にしても、有本に頑張ってもらうしかない。

「そや、真面目《まじめ》やった娘婿が若い女に入れ揚げてるんやしよ。院長先生とおんなじや。アホや」

氷川は有本の風邪を診察したことがある。彼は薄くなった頭部に削げた頰《ほお》、垢抜《あかぬ》けないメガネに地味なスーツ、いかにもといったタイプの真面目な弁護士だった。丸不二川田院長の再婚に困惑していたフシもあったのだ。それなのに、有本が若い女性に揺らいでいるというのか。

「あの真面目な有本先生が？　まさか……」

氷川は単なるトミエの勘違いではないかと思った。

「わしもたまげた。嘘《うそ》やと思うたけど嘘やない。有本先生は娘に隠れて若い女と会ってるんやしよ。金をだいぶ注ぎ込んでるみたいや」

「お金が流れているんですか」

「あのうちは娘やのうて有本先生が財布の紐《ひも》を握っとるけぇ。娘は有本先生が若い女に金を注ぎ込んじゃうのを三日前まで知らへんかったんや」

トミエの娘が問い詰めると、いつも温厚な有本が激昂《げっこう》したという。売り言葉に買い言葉が飛び交い、離婚騒動に発展したそうだ。今現在、トミエの娘は実家に戻っている。

「相手の女性はご存じですか？」

氷川の脳裏には金銭的な目的で有本とつきあう女性が浮かぶ。有本の金が尽きたら、別れるはずだ。

有本は丸不二川田院長と愛里の結末を見て、不倫にブレーキがかからなかったのか。単なる遊びだと割り切っているのか。

「そこまではわからへん……わからへんけど、水商売の女やろうな……娘が言うには、ここんとこ難波の仕事が急に多くなったって思とったらしいんや。仕事やのうて浮気やったんやなぁ」

「難波ですか」

丸不二川田院長は多忙にも拘《かかわ》らず、愛里にせがまれて難波へ行き、高級レストランで食事をして、海外の高級ブランドショップをはしごした。有本も同じ道を辿っているのかもしれない。

「池の祟りや。娘があの歳《とし》で出戻ってきたらどないしたらええんや。孫は新宮《しんぐう》におるけど、仕事がうまくいってへんのや。娘はわしの年金を当てにしちゃあんのや。わしの年金なんてたいしたことないんやで……」

トミエの愚痴は延々と続くが、氷川にはどうすることもできない。酸いも甘いも嚙み分けたベテラン看護師に任せた。

5

翌朝、氷川《ひかわ》は丸不二川田《まるふじかわだ》病院からの電話で叩《たた》き起《お》こされた。顔も洗わず、丸不二川田病院へ急いで向かう。

容態が急変した患者は持ち直し、氷川はほっと胸を撫《な》で下《お》ろす。しかし、病院内は陰鬱《いんうつ》な空気が満ちていた。なんでも、昨夜《ゆうべ》、性懲りもなく西坂《にしざか》ローンの男たちが孝義《たかよし》を囲み、さんざん脅《おど》したそうだ。百万でもいいから返せ、十万でもいいから返せ、一万でもいいから返せ、と言いだし、孝義の妻の裕福な親戚《しんせき》に目をつけたらしい。このままでは日常業務も危なくなる。

孝義にしてもスタッフにしても、こういった問題に遭遇したことがないのだ。注文した商品の代金は払わなければならない、という思いもある。事態は悪化の一途を辿《たど》っていた。

せわしない午前の外来診察を終えた後、自然な成り行きで小さな食堂にスタッフが集まった。孝義も妻が実家に避難したので、昼食は病院内の小さな食堂で摂《と》るしかない。患者はひとりもいなかった。

「次、鶴田《つるた》社長が現れたらその時点で警察に通報しましょう」

氷川が断固とした態度で主張すると、クセのある外科医がキツネうどんを前に力強く頷《うなず》いた。

「道に見張りでも立てるか」

鶴田一行が丸不二川田病院に乗り込む前に、警察に通報したほうがいいだろう。二度と患者を興奮させたくない。

「そうですね。病院までの道のすべてに見張りを……って、誰に見張ってもらうんですか？」

丸不二川田病院のスタッフを見張りに立てても、人より野生動物の多い田舎では不審がられるだけだ。それに、スタッフを見張りにするような余裕はない。

氷川の脳裏に卓《すぐる》が浮かんだが、八重《やえ》の件もあるので口にはしなかった。

「ああ、俺のおかんや祖母《ばあ》ちゃんに頼む。どうせメインストリートは一本やしな」

外科医は氷川を丸不二川田病院から逃がさないという脅しをちらつかせたことがある。

「侮ってはいけません。ああいう人たちは抜け道を調べて使います」

鶴田や西坂ローン一行が暴力団関係者ならば、メインストリートは使わないかもしれない。眞鍋《まなべ》組の精鋭がそうであったように、地元民しか知らないような抜け道を巧妙に駆使するだろう。

「氷川先生、可愛《かわい》い顔をしてヤクザに詳しいんか？」

外科医の指摘に慌てたりはしない。氷川は患者の命を守る医師としての使命感を滾《たぎ》らせながら言った。

「ヤクザは専門外ですが、いざとなれば、僕もヤクザのふりをして脅し返します。任せてください。絶対に引きません」

すでに医療界しか知らなかった氷川ではない。仕事のためタイに渡った清和の訃報《ふほう》が流れた時には、氷川が眞鍋組の組長代行としてトップに立った。ヤクザ特有の脅し文句は脳裏に刻まれている。

「氷川先生のどこがヤクザや。どう見てもヤクザに金を巻き上げられるほうやしよ」

外科医の氷川評に周りにいたスタッフも、賛同するように相槌《あいづち》を打った。氷川が眞鍋組の二代目姐《あね》だと明かしても、誰も信じないだろう。

「そうやすやすとヤクザにお金を巻き上げられたりはしません……あれ、卓くんと八重さん？」

ゆっくり歩く八重に寄り添って、卓が近づいてくる。ふたりの周囲だけ、ふわりとした優しい空気が流れていた。

「孝義先生、奥様のご実家やお母様のご実家までおっちい人が押しかけていると聞いたで。ご心痛やろ。どうか使ってぇや」

八重が孝義に差しだしたのは、ワインの代金が書き込まれた小切手だ。仰天したのは氷川や病院スタッフだけではない。

　孝義は信じられないといった表情で、八重に小切手を押し返した。

「八重さん、八重さんにこんなことをしてもらうわけにはいかへん。オヤジは自己破産する。それでなんとかなるはずなんや……たぶん……」

　孝義は医師としての仕事一筋に生きてきたから世俗に詳しくない。体験したことのないストレスとプレッシャーに苛《さいな》まれているのだろう。いつになく弱気だった。

「院長先生が自己破産する必要はあらへん。お金で片がつくなら、お金で片をつけてぇや」

　八重の態度はいつもと同じように上品だが、出自を感じさせる気迫があった。金で処理できる問題は簡単、と暗に言っているような気がしないでもない。

　金で解決できる問題は、金さえあればさしたる問題ではない。極道の命懸けの抗争を知った今、氷川も八重の意見に賛成する部分はある。だが、金ではすまない問題も多々ある。

　氷川の出現で清和に捨てられた京子《きょうこ》は、十億という大金を手にしても納得できず、破滅への道を選んだのだ。あの華やかな美貌《びぼう》と十億あれば、いくらでも新しい人生が開けただろうに。

「八重さん、そういうわけにはいかへん」

卓からチラリと聞いたが、付近で一番の資産家は八重だという。八重にとってワイン代金は騒ぎ立てるほどの額ではない。

受け取れ、と外科医は孝義に目で合図を送っている。ほかのスタッフは八重の心に感極まったのか、早くも涙ぐんでいた。

「孝義先生は知らんのかなぁ？　私は孝義先生のお祖父様《じいさま》とお祖母様がおらんかったらとうの昔に死んじゃうで。池に飛び込もうとした時、たまたま通りかかった孝義先生のお祖母様が止めてくれたんや。私の悩みを親身になって聞いて、力になってくれたんや」

八重はどこか遠い目で在りし日のことを語りだした。氷川も老患者の噂話《うわさばなし》で聞いたことがあるが、八重は本来ならば婿養子をもらって実家を継ぐはずだったのに、叔父夫婦に騙《だま》されて、この辺鄙《へんぴ》な地の遥《はる》か格下の家に嫁いできたのだ。嫁ぎ先は豪農で夫は真面目《まじめ》だったが、姑《しゅうと》や小姑の仕打ちは凄《すさ》まじかったという。当時の嫁いびりは村でも伝説と化しているそうだ。

姑と小姑は近所の住人に八重を名家を鼻にかけた傲慢《ごうまん》な姫だと吹聴した。それゆえ、近所の住人も八重に冷たく当たったという。

けれど、孝義の祖父母、当時の丸不二川田病院の院長夫婦はことあるごとに八重を庇《かば》った。地元きっての名士が全面的に八重の肩を持てば、世間の風向きも変わってくる。近所の住人が八重に対する誤解を解いた頃、姑や小姑が交通事故で亡《な》くなった。凍えるような寒い夜、小姑がハンドルを切り損ね、車ごと冷たい池に突っ込んでしまったのだ。池の祟りだと、池の幽霊が八重に同情したのだと、まことしやかに囁《ささや》かれた。

「八重さん、あれはひどい嫁いびりだって、祖父母から聞いちゃうで。八重さんは高慢ちきで意地悪なお姫さんじゃなくて、ここに馴染《なじ》もうと努力している健気な嫁さんやって。八重さんに同情しとった。よう耐えたな、って」

孝義は祖父母から聞いていた当時について言及した。

周りにいる外科医やベテラン看護師も、同意するように赤い目で相槌を打つ。それぞれ、祖父母から八重の辛い過去を聞いているのだ。理不尽なことに耐え忍び、誤解を解いた八重に尊敬の念を抱いている。

「せやから、孝義先生のお祖母様とお祖父様のおかげです。私は恩を返さなあかん。受け取ってぇや」

姑と小姑が亡くなり、八重は真面目な夫と慎ましくも平和な生活を送るようになった。息子も生まれ、しばらくは幸せな家庭を築いていたのだ。

「よう受け取られへんよ」

「私には息子も孫もおらへんのや。私が死んだら遺産は国のもんや。国に渡すより、お世話になった人に役立ててほしいんや。これは今までお世話になった分、寄付やと思うてくれたらええわ」

実家に帰省していた時、八重の息子は火事で亡くなった。当時、八重はふたり目の子供を妊娠していたが、ショックで流産している。以来、八重が子供を授かることはなかった。八重の夫も縁者も立て続けに亡くなり、かつて八重を騙した叔父夫婦やその子供たちは早死にしている。八重は孤独な女性になってしまった。

「寄付?」

丸不二川田病院に寄付金箱は設置されていないが、病院の危機となれば、あちこちから寄付金が集まるのではないかと、氷川はふと思った。

「はい、寄付や。孝義先生は年寄りの寄付を断ったらあかん」

八重は押し切ろうとしたが、生真面目さゆえの孝義の頑《かたく》なな態度は変わらない。

「……せやけど」

八重さんの真心を受け取らんでどないするんや、とクセのある外科医は孝義の耳元で囁いた。八重さんが差しだした手を撥《は》ね除《の》けんな、と高齢の眼科医も同調するように孝義の背中を叩く。麻酔科医やベテランの看護師など、誰もが八重にありったけの感謝を込めて一礼した。

丸不二川田病院のスタッフは、八重の援助を受けようとしている。ここで八重の援助を断っても、丸不二川田病院には辛い道しかない。拒まれた八重も辛いだろう。

「遺産は卓ちゃんに譲るさかい、孝義先生も卓ちゃんを説得して……」

八重の言葉を遮るように、卓が険しい顔つきで口を挟んだ。

「八重お婆ちゃん、俺は遺産なんていらねぇよ」

卓は断固として拒絶するが、八重の意志は変わらないらしい。本気で血の繋がりのない卓に遺産を相続させる気だ。

「卓ちゃん、書道家として一本立ちするまでどないするんや？　仕事しながらやったら、年寄りになっても書道家として一本立ちできへんで？」

卓の書道家の卵という立場に、八重は思うところがあったようだ。孫とも思う卓を援助したくてたまらないのだろう。

「俺のことはいいんだ、俺のことは。俺は遺産が欲しくて八重お婆ちゃんのそばにいるんじゃねぇよ」

卓が腹立たしそうに言うと、八重は観音菩薩《かんのんぼさつ》のような微笑を浮かべた。後光が射して見えるのは、氷川の気のせいではない。

「わかっちゃうで。卓ちゃん、亡くなったお母様やお祖母様みたいに私を思ってくれてるんやな。おおきによう」

せやから卓くんに遺産をあげたいんや、と八重は卓を慈愛に満ちた目で見つめた。そして、孝義に声をかけた。

「孝義先生、丸不二川田病院を守らなあかん使命があるやろ？　丸不二川田病院がのうなったら、どないしますか？　あのおっちい人たちは丸不二川田病院をワイン代金の代わりに取り上げてしまうかもしれへんやろ？」

建物の老朽化は著《いちじる》しいが、患者が多い丸不二川田病院は赤字経営ではない。入院中の老患者はその気になれば大きな金になる。鶴田にとっても西坂ローンにとっても魅力的な物件だろう。病院経営に興味のある者に転売し、金にできるのだから。

「……八重さん」

丸不二川田病院がいかなるものか、誰よりも孝義が知っている。氷川も丸不二川田病院の重要性はいやというほど知っていた。

「後生やから、受け取ってえや」

八重が孝義の白衣のポケットに強引に小切手を突っ込んだ時、どこからともなくしゃがれた叫び声が聞こえてきた。

「ヤクザや、大きいヤクザが来よったでーっ」

「孝ちゃん、テレビに出ちゃうヤクザみたいやーっ。男前のヤクザやでーっ」

「ワイン代金の取り立てのヤクザが来よったでーっ。ここはわしらがなんとかするさかい、孝ちゃんは逃げやーっ」

鶴田や西坂ローン一行が乗り込んできたのかもしれない。八重は小切手を押し込んだ孝義のポケットを摩った。

「孝義先生、どうか私のご恩返しの邪魔をせんでな。孝義先生が返せえへんかったら、私が代わりに交渉するさかい」

八重が言い終わるや否や、卓が血相を変えて止めた。

「八重お婆ちゃん、それだけは絶対にやめろ。カモがネギをしょって出ていくようなもんだっ」

卓の言葉に氷川や病院のスタッフ、顧問弁護士の有本《ありもと》はいっせいに頷いた。鶴田や西坂ローン一行にとって、八重は格好のカモだろう。あれこれ難癖をつけ、ワイン代金以上の金を搾り取ろうとするに決まっている。

「せやけど、八重さん……もらえへんよ……」

生真面目な孝義が小切手を八重に返した瞬間、病院のスタッフの間にどよめきが走った。

「ヤクザ？　ヤクザ映画の色男ヤクザみたいやな？」

「ホストみたいなヤクザ？」

「ヤクザの隣にいる男は車のコマーシャルに出ちゃう俳優みたいな男前やで？」

丸不二川田病院に乗り込んできたのは、鶴田や西坂ローン一行ではなく、氷川の舎弟を名乗る桐嶋《きりしま》だった。傍《かたわ》らには桐嶋と切っても切れない縁の藤堂《とうどう》がいる。

桐嶋たちなら鶴田や西坂ローンの関係者だと思われても仕方がない。桐嶋は桐嶋組の金看板を背負う極道だ。藤堂はスマートな紳士だが、端麗な容姿は周りから浮いていた。どうであれ、ふたり並んでいると悪目立ちする。

「おお、あね……」

姐さん、と言いかけた桐嶋の口を氷川は物凄《ものすご》い勢いで押さえた。自分でも信じられないほど、俊敏な動作だった。

「桐嶋さ……っと、元紀《もとき》くん、君も僕を心配して来てくれたのかな？　ありがとう。お兄ちゃんは医師として頑張っています。親戚中にそう触れ回ってね。いい子だから、お願いだよ」

氷川が何を求めているのか、桐嶋は即座に悟ったようだ。

「……お、お兄ちゃん、お兄ちゃんがお医者さんやって知っとうけど、みんな、ごっつう心配しとるんや。祐《たすく》兄ちゃんなんて心配しすぎて痩《や》せ細《ほそ》って骨皮筋エモンのガリガリやで」

どうも、桐嶋と藤堂の登場には、眞鍋組で一番汚いシナリオを書く策士が絡んでいるらしい。氷川は桐嶋のニヤリとした笑みから読み取った。

「祐くんが細いのは昔から」

「祐兄ちゃんが倒れる前に戻ってきてぇや。ピリピリして怖いんやで。安部《あべ》のおっさんもショウちんも吾郎《ごろう》ちんもブルブル震えとう」

祐が東京でいかなる状態か、桐嶋の言葉と卓の顔色で手に取るようにわかる。だからといって、氷川の決心は変わらない。

「丸不二川田院長が退院するまでもう少しだから待ってね」

氷川は桐嶋の肩を叩きながら、孝義や病院スタッフに視線を流した。

「彼は僕の親戚の子なんです。心配して来たのでしょう」

親戚の子、と称するには大きすぎるが、氷川にはそれしか語彙《ごい》が思い浮かばなかった。いや、口から出なかった。

卓がフォローを入れるように、小刻みに何度も頷く。

「……ああ、このお兄ちゃんたちも氷川先生の親戚の子かい？　氷川先生の親戚はみんな、大きいんやな？」

清和とリキに続いて桐嶋と藤堂まで親戚など、胡散《うさん》くさいことこの上ないが、誰も疑わない。

なんでこんな嘘《うそ》を信じるんだ、と大嘘をついた氷川自身、不思議でたまらないが、それだけ純朴な人たちなのだ。また、心の底から信用してくれているのだ。氷川はいろいろな意味で複雑だったが、桐嶋の素性や関係を悟られるわけにはいかない。

「ほんで、木の下で猫ちゃんをだっこしとったお婆ちゃんに聞いたんやけど、院長先生はワインの代金が払えなくて困っとう？　ホンマか？」

　氷川が知る限り、猫を孫のように可愛がっている患者は少なくとも五人はいるが、誰か言い当てる必要はないだろう。

「うん、すっごい高いワインをたくさん注文したみたい」

「ほんなら、カズが力になれるかもしれへん。予定より、一月遅れになるんやけど貿易会社を設立するんや」

　桐嶋が視線を流すと、藤堂が悠然と口を挟んできた。

「我が社ではワインを取り扱う予定です。使い途《つかみち》のないワインをこちらで買い上げますが？」

　いかがでしょう、と藤堂は氷川と孝義を交互に眺めた。

「……ああ、その手があったか」

　氷川が手を叩くと、孝義や有本も目を輝かせた。ほかの病院スタッフにしろ、頭にはワインの代金の捻出《ねんしゅつ》しかなかった。行き場のないワインの売買など、チラリとも思いつかなかったのだ。

「ワインを拝見させていただき、ご希望の金額に達しない時はご容赦願いたい」

「うんうん、とりあえず、藤堂さ……和真《かずま》くん、ワインを見てよ。ロマネ・コンティをダース買いしてるみたいなんだ」

　和真くん、と氷川は猫なで声で藤堂を呼んだ。猫のように藤堂の額や頭を優しく撫でたい気分だ。

「ロマネ・コンティのダース買いですか？」

藤堂がシニカルな微笑を浮かべた時、受付スタッフが物凄い剣幕で走ってきた。

「孝義先生、大変やーっ。孝義先生のお祖母ちゃんが郵便局の貯金を全部下ろそうとしたでーっ」

一瞬、食堂はしんと静まりかえった。

誰ひとりとして驚愕《きょうがく》で反応できなかったのだ。氷川も視界が真っ白になった。

受付スタッフが言う『お祖母ちゃん』とは、孝義の母方の祖母、つまり律子《りつこ》の母親である。高齢だが朗らかで矍鑠《かくしゃく》としている老婆だ。

真っ先に反応したのは、部外者である桐嶋だった。

「おうおう、孝義先生のお祖母ちゃんはエステのローンでも組む気やったんかな？　オレオレ詐欺に引っかかったんかな？」

桐嶋があっけらかんと言うと、藤堂が受付スタッフに尋ねた。

「もしかして、ワインの代金の支払いを求められたのでしょうか？」

「……みたいや……郵便局のおっちゃんが気づいて、止めてくれたんやしよ……でも、お祖母ちゃんは孝ちゃんが困ってるから金を引きだす、って渋ってるんやて。誰か迎えに行かなあかん」

鶴田や西坂ローン一行は、孝義の祖母から金を取り立てようとした。おそらく、孝義の祖母としての情を揺さぶったのだろう。

「……お祖母ちゃん」

孝義が少年のような目で呟《つぶや》くと、受付スタッフもはらはらと涙を零した。ほかの医師もしんみりしたが、祖母の深い愛に浸っている場合ではない。

入院中の担当患者の容態が急変し、クセのある外科医が早足で食堂から出た。孝義も病棟から呼びだされる。

「孝義先生、ワインの一件、僕に任せてくれませんか？」

今すぐ親戚の子にワインを確かめてもらってきます、と氷川は意志を秘めた目で桐嶋と藤堂を見つめた。鶴田や西坂ローン一行が動き回っている以上、一刻も早く処理しなくてはいけない。今となっては愛里のセレクトが、藤堂のお眼鏡にかなうワインであることを願うだけだ。

「氷川先生？　ええんか？」

「孝義先生が病院から離れるわけにはいかない。僕の患者はお願いします」

孝義がいれば若い内科医の必要性は低くなる。

「わかった……わかったけど、無理はせんとってな。鶴田社長や西坂ローン社長が文句を言っても、氷川先生が金を出す必要はあらへんからな。すべてうちの色ボケオヤジのせいなんやから」

「はい、そのワインの保管場所の、ワインバーの住所と鍵《かぎ》をください」

氷川は孝義からワインバーの鍵を受け取り、八重から小切手を手渡された。もしもの時には使ってください、と。

卓が藤堂の本意を探るように眺めていると、桐嶋に「任せろ」と威勢よく肩を叩かれた。

「じゃ、行ってきます」

氷川は卓や八重、孝義に挨拶をすると、藤堂と桐嶋と連れ立って丸不二川田病院を後にした。

一見、のどかな風景に異変はない。しかし、孝義の祖母が粘っている郵便局の周りでは、鶴田や西坂ローン一行の車がゆっくり走っている。

ベテラン看護師が孝義の祖母を連れ戻しに行ったが、まだ説得できないようだ。

「桐嶋さん、あの赤い車の中にいるのが西坂ローンの社長だよ。ここで一言入れたほうがいいのかな」

氷川は運転席にいる桐嶋に声をかけた。

「姐さん、カズがなんか引っかかっとうみたいなんで、直接対決はもうちょっと後にしてえや」

桐嶋はハンドルを右に切りつつ、助手席でスマートホンを操作している藤堂を示した。

どうやら、藤堂は無言でナンショウワッハや西坂ローンについて調べているようだ。

「……え？　藤堂さん？　何か引っかかるの？」

氷川が怪訝《けげん》な顔で尋ねたが、藤堂はスマートホンを眺めたままサラリと流した。

「憶測の域を出ていませんから」

「もったいぶらずに言って」

氷川が藤堂を急《せ》かすと、桐嶋がスピードを落としながら言った。

「それより、姐さん、なんちゅう田舎に飛ばされたんや？　ここはホンマに日本なんかなぁ？　ショウちんがイノシシを仕留めた気持ちがようわかるで」

道が細いうえに民家がギリギリまで建っているから危ない。急カーブも多いのでさらに注意が必要だ。今にも倒れそうな古い民家の前を通り過ぎると、桐嶋は運転席で安堵《あんど》の息を吐いた。

「僕も希望したわけじゃないんだけどね」

「拒否はせえへんかったんやな」

「僕は清水谷《しみずたに》の医局員だ。上の命令を拒めない」

「ダーリンに泣きついたら、裏工作に励んだと思うで」

あの時は少しの間、清和から距離を置いたほうがいいと思った。氷川が清和の承諾を得ずに和歌山に飛んだ理由は、藤堂の命を狙《ねら》ったからだ。

「……ん、だから……」

当時の氷川の心情など、桐嶋はとっくにわかっているはずだ。

「眞鍋の色男に恩を売るチャンスやと、綺麗《きれい》な祐ちんに言われたんや。姐さんを僻地《へきち》から連れ戻せ、って」

桐嶋は祐から氷川を連れ戻す役目を押しつけられたようだ。よくよく考えてみれば適任かもしれない。

氷川は納得したように軽く微笑《ほほえ》んだ。

「祐くんらしい」

眞鍋組で一番ビジネスマンに近い祐は、桐嶋や藤堂と共闘する気満々だ。清和の右腕であるリキにしろ、そのつもりだろう。それなのに、肝心の清和だけが藤堂に警戒心を募らせている。手打ちになったのではなかったのか。

「眞鍋の色男もアホやな。カズより姐さんのほうが怖いやろが」

チクったったで、と桐嶋は悪戯《いたずら》っ子《こ》のような口調で言い放った。

「清和くんがあんなことをするなんて思わなかった」

氷川は清和の行動に衝撃を受けたが、桐嶋にしろ藤堂にしろ、さして驚いた様子はなかった。

「せやから、姐さんのダーリンはヤクザとして勝ち続けとう。カズにはもともとヤクザなんて無理や」

藤堂は小汚い手を駆使するヤクザとして名を馳《は》せたが、桐嶋にとっては今でも良家のご子息なのだ。

藤堂は関西屈指の高級住宅街である芦屋《あしや》の六麓荘《ろくろくそう》で生まれ育ち、エスカレーター式の私立名門校に通っていた。父親は祖父から受け継いだ貿易会社を経営する名士であり、母親は旧華族出身のご令嬢だった。運命の歯車が狂わなければ、藤堂は極道界に飛び込んだりはしなかっただろう。

「清和くんと藤堂さんは橘高《きったか》さんが間に入って仲良くするようになった……えっと、手打ちになったんじゃないの？　なんのための手打ちなの？」

清和の義父である橘高が、藤堂との間を取り持った。すなわち、清和が藤堂を攻撃することは、橘高の面目を潰《つぶ》したことに等しい。氷川はそのように解釈していた。

「眞鍋のトップは姐さんの可愛い清和くんや。橘高のオヤジさんやない。どこかの大親分を立てた正式な手打ちでもなかったしな」

清和にとってあれは正式な手打ちではないようだ。桐嶋は清和と橘高の力関係や正当性を指摘したが、氷川はどうしたって釈然としない。

「ほら、藤堂さんは橘高さんと一緒に貿易会社を設立することになったでしょう。清和くんも認めたはずだよ」

「四月、藤堂商事の旗揚げや」

予定より一月遅れだが、藤堂は橘高の力を借りて貿易会社を立ち上げるという。橘高は資金は提供するが経営にはいっさい関《かか》わらず、藤堂がトップとして切り盛りするそうだ。氷川の目から見ても、橘高にビジネスの才能はない。正しい判断だろう。

「清和くんはなんて？」

妨害しているのか、考えを改めて応援することにしたのか、氷川は耳を澄まして桐嶋の返答を待った。

「なんも」

「何も？」

「なんもない。なんも言わんかった」

姐さんの顔に免じてすべて水に流す、とかつて宣言した通り、桐嶋は眞鍋組に一言も入れなかった。

眞鍋組も清和が送り込んだ殺し屋について、一度も言及しなかったという。

「清和くんは僕の信用をなくした」

氷川の感情が昂《たか》ぶり、運転席の背もたれを叩いた。

「姐さん、そうダーリンを責めたらあかん。よっぽどカズにビビっとんのやな」

桐嶋が清和を庇ったので、氷川は長い睫毛《まつげ》に縁取られた瞳《ひとみ》を揺らした。

「桐嶋さん、大事な藤堂さんを狙われて怒っていたんじゃないの？」

桐嶋から清和に対する怒りが感じられない。氷川の繊細な白い手は、さらに運転席の背もたれを激しく叩いた。

「そりゃ、姐さんが怒ってくれたから俺はもう怒らんでもええ。姐さん、カズの味方をしてくれておおきに。眞鍋の色男は俺が怒るより、ずっとこたえんで」

がははははははは～っ、と桐嶋は豪快に笑い飛ばしながらハンドルを左に切った。

「……え？　僕が怒ったから桐嶋さんは怒らなくてもいいの？」

「姐さんがおるから、俺はちっとやそっとで眞鍋の色男の敵に回れん。俺と眞鍋の色男が争ったら姐さんは泣くやろ」

桐嶋と清和の間には氷川という確固たる強い柱がある。ふたりの間で氷川という柱はそう簡単には倒れない。

「うん、桐嶋さんと清和くんは争ってほしくない」

「今回、姐さんがカズに味方してくれたから俺は怒らんですむ。姐さんがきついお仕置きを眞鍋の色男に食らわせてくれとうから俺はなんもせん。眞鍋の色男も今回の姐さんの家出でわかったはずやで」

何度カズを狙っても俺が守る、狙っても無駄や、と桐嶋が言外に匂《にお》わせているような気がしないでもない。

「家出、っていう表現は心外だけど」

「家出娘、ってサメちんが泣いとった」

課報部隊《ちょうほうぶたい》を率いるサメも、氷川を連れ戻すために和歌山にやってきた。だが、氷川は

サメも追い返した。

「サメくんの芸人根性に騙されないでほしい。サメくん、そんな暇があるならもっとほかにする仕事があるだろうに」

清和驀進《ばくしん》の要因のひとつが、サメ率いる諜報部隊の活躍だが、ここ最近、機動力が落ちている。サメには一刻も早く諜報部隊を立て直してもらわなければならない。そもそも、諜報部隊が以前の能力をキープしていたら、清和は藤堂に殺し屋を送り込んだりはしなかっただろう。

清和は今でも藤堂の才能と実力を危惧《きぐ》している。ロシアン・マフィアのイジオットの次期トップやギャング化した暴走族・ブラッディマッドのトップが、藤堂についているからなおさらだ。

「姐さんがいなくなった眞鍋組がどうなっとうか見て、俺は思わず同情してもうた。俺も姐さんが眞鍋におらんとさみしくてたまらへん。早く戻ってきてぇな」

桐嶋はわざとらしく洟《はな》を啜《すす》ったが、氷川は馬鹿らしくなる。

「僕に泣き落としは効きません」

「こんな田舎でお爺《じい》ちゃんとお婆ちゃんに囲まれとう場合ちゃうのに。かかしやと思ったら生きたお爺ちゃんやったからビビったで」

ショウも畑にいた老人をかかしと間違えたと、氷川は聞いた記憶がある。氷川には近所を散策する余裕もなかった。

「お爺ちゃんとお婆ちゃんに囲まれているだけならよかった。こんな田舎に来てまでヤクザに会うなんて」

ヤクザってどこにでも出てくるんだね、と氷川が呆《あき》れたように続けると、桐嶋は声を立てて笑った。

「そや、ヤクザはどこにでも顔を出すゴキブリや。ゴキブリと同じで生命力は強いんやで」

「あのナンショウワッハの鶴田社長も西坂ローンの社長もヤクザ？」

氷川が緊張気味の声で尋ねると、桐嶋は思案顔で低く唸《うな》った。

「う～ん、遠目やったし、ガラス越しやからようわからへんけど、八割の確率でヤクザやろうな」

桐嶋が八割と言えば、ほぼ十割ヤクザに間違いない。彼の父親は関西では伝説と化した極道であり、いろいろな意味で修羅の世界を骨の髄まで知り尽くしている。

氷川の脳裏に眞鍋組のシマを狙っている広域暴力団の名が浮かんだ。長江《ながえ》組、と耳にした途端、関東のヤクザには緊張感が走る。

「日本で一番大きな暴力団……長江組の本拠地って神戸《こうべ》だよね？　神戸と和歌山は離れているけど、長江組と関係したりする？」

長江組の勢力は関西圏を網羅していたはずだ。氷川の記憶が正しければ、和歌山県も長江組の二次団体の支配下にある。

「長江組直属の男にしてはやり方が手ぬるい。せいぜい長江組の二次団体か、そのまた下のチンピラか、そこら辺やろな」

長江組が一枚噛《か》んでいたら、とっくの昔に孝義は丸不二川田病院と本家を手放しているだろう。孝義の妻の実家も抵当に入っているかもしれない。それこそ、孝義の妻の親戚の資産も狙われていただろう。

「チンピラとか下のほうでも長江組系列なんでしょう？　長江組系列だったらどうなるか……桐嶋さんも藤堂さんも長江組と揉めたら危ない。気をつけて」

桐嶋はかつて長江組の構成員であり、組長に目をかけられていた。けれど、組長の姐に色目を使われ、拒んだために逆恨みされてしまった。組長の姐の罠《わな》にはまり、桐嶋は長江組を去ったのだ。

藤堂は極道時代、長江組傘下に入ってから清和との最後の闘いに挑んでいる。しかし、長江組を裏切る形で戦争の幕を閉じた。

長江組にしてみれば、桐嶋にしても藤堂にしても憎むに足りうる男だ。

「わかってまんがな」

長江組に在籍していた分、桐嶋はその恐ろしさを知っている。

「いざとなったら僕が交渉するから」

氷川には氷川の算段があったが、桐嶋は運転席で慌てふためいた。

「絶対にそれはあかん。眞鍋の色男のためにもやめてぇな。んなことしたら、卓ちんが指を詰めるかもしれへんで」

「一般人として交渉する」

先方に眞鍋組の二代目姐だと、気づかれているフシはない。

「あかん、あかん、姐さんなんてええカモや。あの小切手をくれた上品なお婆ちゃんとまとめてカモにされてまう」

桐嶋は一目で八重がいかなる女性か悟ったようだ。

「八重さんは危ないと思うけど」

「卓ちん、あのお婆ちゃんに入れ込んどるんやな」

八重の身に危険が迫っていなければ、卓は氷川に同行していただろう。桐嶋は卓から秘めた挨拶を受け取ったらしい。

「八重さんに何もなければいいけど」

「ここんとこ、お人よしで金持ちの独居老人を狙うヤクザが増えとうで」

上納金が納められず、手っ取り早い犯罪に手を染めるヤクザは後を絶たない。長引く不況と暴対法で暴力団は締めつけられる一方だ。

「そうなの?」

「ワイン屋に八重お婆ちゃんの存在を知られたらあかん……もう知られとうのかな? せやから、卓ちんが張りついとうのかな?」

「もう、どうしてこんなことになったんだろ……愛里さんもワインバーの後始末ぐらいしてくれたらいいのに」

今さら言っても仕方がないが、口にせずにはいられない。

「姐さん、愛里ちゃんとやらがどこで何をしとうか調べさせよか?」

桐嶋ならばツテとコネを使って、愛里の行方を突き止められるかもしれない。丸不二川田院長と離婚して、幸せにやっているのだろうか。

「愛里さんがワインバーの後始末をしてくれると思う?」

「話を聞く限り、無理やろ。猫をだっこしとったお婆ちゃんも愛里ちゃんの悪口がごっつかったわ。池の祟りも地獄のお使いのことも聞いたで」

地獄のお使いは眞鍋の色男と虎《とら》やろ、と桐嶋はどこぞのオヤジのように声を立てて豪快に笑う。

氷川が池の祟り説について零していると、車窓の向こう側に広がる風景が変わった。

そうこうしているうちに、桐嶋がハンドルを握る車は目的地に到着した。近くの駐車場に車を駐《と》め、シャッターだらけのアーケードを進む。営業している店が少ないので、アーケードの中は薄暗い。時間帯のせいかもしれないが、肝心の客がひとりも歩いていない。

「なんで、こないに寂れたところにワインバーを出す気になったんや？」

桐嶋の至極当然の疑問は、氷川も愛里に問《と》い質《ただ》したい。

「うん、ここでロマネ・コンティは売れないと思う」

「一昨日《おととい》、カズと一緒に六本木《ろっぽんぎ》のこじゃれた店でフレンチを食うたんやけど、ロマネ・コンティなんて置いてへんかったわ。ロマネ・コンティはそんじょそこらの店にストックできるワインちゃうで」

桐嶋は藤堂の傍らにいるせいか、ワインについての知識が多少なりともある。

「そうなの？」

「姐さん、ロマネ・コンティはそんじょそこらの店にはないで」

思うところがあったのか、桐嶋はしたり顔でロマネ・コンティの価値について触れた。そんじょそこらの、のイントネーションは妙なテンションだ。

「そうなの？　通販でなんでも買えるでしょう？」

バブル時代を謳歌《おうか》した先輩医師に聞いた話だが、当時、通信販売のパンフレットに目玉商品として海外の城があったという。

「通販？　通販でも買おうと思えば買えるけど、ロマネ・コンティはぶっちぎりナンバーワン……って、ここやな？　問題のワインバー」

桐嶋は洒落た看板が掲げられているワインバーの前で立ち止まった。店名は『ヴィヴィエンヌ』だ。

店の名前は英語か、と桐嶋がつまらなそうに零すと、語学堪能な藤堂がすかさず訂正した。フランス語だ、と。

「愛里さん、本気でオープンする気だったんだね」

優雅な白いドアを開けたが、内部は暗くてよく見えない。桐嶋が手探りで電気のスイッチをいれた。

パッ、と店内が明るくなった瞬間、氷川はパステルピンクを基調にした乙女チックな内装に驚きの声を上げる。

「……こ、ここがワインバー？　なんか、すっごく女の子の店？」

アーチを描いた天井の中央から吊《つ》るされたハートのシャンデリア、可憐《かれん》な花柄の壁紙、猫足の白いテーブルや白い椅子、陶器の人形が飾られた白いカウンター、氷川の目には愛らしい少女の夢が集結した空間に映る。

藤堂は涼しい目で見回してから言った。

「ベル・エポック時代のパリをイメージしたのかもしれない」

藤堂の言葉を理解できなかったのは氷川だけではない。桐嶋は苦虫を嚙み潰したような顔で、やたらとメルヘンチックな造りのテーブルを叩いた。

「……ベルエロ？　エロちゃうな……ま、なんでもええ。それより、ワインや」

愛里は着々と開店準備を進めていたのか、ワインセラーには高級ワインがズラリと並んでいた。藤堂は白と金のチェストに並べられているロマネ・コンティに手を伸ばす。

そして、ラベルを確かめるように眺めた。

藤堂は無言でワインセラーにあるワインを次々手に取って確かめる。

氷川もワインセラーから見覚えのあるラベルのワインを取りだした。かつて藤堂が飲ませてくれた高級ワインだ。

「……あ、シャトー・ラトゥールだ。このワインもすっごく高いんだよね」

氷川が独り言のように呟くと、桐嶋が感心したように言った。

「シャトー・ラトゥールも別格のワインやって聞いたで。別格やって聞いたワインがようけあるわ」

桐嶋が感服したようにシャトー・マルゴーを手にすると、藤堂はスマートな仕草でロマネ・コンティのコルクを抜いた。

藤堂は伏し目がちに香りを嗅《か》ぎ、最高級のワインを口にする。映画のワンシーンに見えないこともない。

「カズ、こんなところで飲んどう場合ちゃうで。打ち上げは和歌山ラーメンを制覇してからや」

桐嶋が呆れ顔で言うと、藤堂は柔和な微笑を浮かべて、ボルドー産のシャトー・ラフルールやブルゴーニュ産のモンラッシェの試飲をする。どちらも、逸話のある高級ワインの代表格だ。

「姐さん、鶴田社長に連絡を入れてください」

「藤堂さん、ワインを買い上げてくれるんだね？」

氷川は勢い込んだが、藤堂はいつもの調子でサラリと言った。

「この店にあるワインに値段はつけられません」

「どういうこと？」

氷川が怪訝な顔で尋ねた時、桐嶋が白い扉に視線を流した。その瞬間、白い扉が物凄い勢いで開き、鶴田や西坂ローンの社長が入ってくる。背後には人相の悪い男たちがひしめきあっていた。

「おう、誰に断ってここにおるんや？」

スキンヘッドの大男が怒鳴り、顔にタトゥのある男が白い椅子を蹴り飛ばしたが、氷川は怯《おび》えたりはしない。

相手方の出方を探るためか、桐嶋と藤堂は無言で鶴田や西坂ローン社長を眺めている。

「……おや？　丸不二川田病院の氷川先生ちゃうかな？　白衣を着てへんから気づかへんかったけど……そのべっぴんさんは氷川先生やな？　メガネを外したらもっとべっぴんさんやで？」

氷川に気づくと、鶴田は人懐《ひとなつ》っこい笑顔で近づいてきた。

「鶴田社長、こちらは東京の商事会社の社長さんです。このワインバーのワインを買い上げてもらうことになったのですが……」

氷川が紳士然として佇《たたず》む藤堂を紹介すると、鶴田は手を叩いて喜んだ。

「おお、商事会社の社長でっか？　そりゃ、ええわ。ほんで、いくらになるんかいな？　ええワインが揃《そろ》っとうやろ？」

ミナミの高級バーなら百万以上つけられる、とボルドー産のシャトー・ペトリュスを指で差した。鶴田が自慢するように、ワインセラーには逸品が揃っている。

「ナンショウワッハの鶴田社長？　初めまして、藤堂と申します」

藤堂が一歩踏みだすと、鶴田は感心したように目を瞠《みは》った。

「おお、藤堂さんかい、俳優みたいな色男やな。女にモテるやろ」

「女性に詳しくはありませんが、ワインの知識は持っています。ナンショウワッハから仕入れたワインはすべて偽物ですね」

藤堂はあくまで優雅に言ったが、少女趣味の店内に沈黙が走った。氷川は白いカウンターの前で硬直し、桐嶋はポカンと口を開けている。

鶴田や西坂ローン社長、周囲の男たちも魂のない人形のように固まった。

沈黙を破ったのは白いスーツを自然体で着こなしている紳士だ。

「偽物に値はつけられません」

犯罪です、と藤堂は涼やかな目で鶴田の罪を暴いた。

「……な、なんやて？　何を証拠にそないなことをぬかすんや？　これはちゃんとしたところから仕入れたワインやで？」

「ワインのラベルを見ればすぐにわかります。一口でも飲めば……」

藤堂の言葉を遮るように、鶴田は金の細工が施された丸いテーブルを蹴り飛ばし、鬼のような形相で怒鳴りだした。

「ナメんのもええ加減にしいや。兄ちゃん、いちゃもんつけてワインの代金を踏み倒す気か？　出るとこ出よか？　ワイン代金に手間賃や慰謝料も上乗せしてもらうことになんで？」

鶴田がヤクザとしての本性を露《あらわ》にすると、周りにいた男たちもいっせいに暴れだした。

証拠隠滅とばかり、壁に飾られていたワインを床に叩きつけて割りだす。

鶴田は割れたロマネ・コンティの瓶の切っ先を、藤堂の整った顔に突きつけた。

やはり、卓が指摘した通り、鶴田は最も注意すべき人物だったようだ。氷川は鶴田と西坂ローン社長の力関係にようやく気づいた。

「世界最高峰の赤ワインの座を競い合っているロマネ・コンティとシャトー・ペトリュス、サン・テミリオンの代表格であるシャトー・オーゾンヌ、フランスの文豪デュマも称えた辛口の最高峰のモンラッシェ、生産量が特に少なくて入手が難しいシャトー・ラフルール……言いだしたらきりがありませんが、ナンショウワッハはここに並んでいるワインを取り扱える業者ではない」

藤堂は愛里の話を聞いた時から、不審感を抱いていたらしい。なんのコネもツテもない田舎の素人《しろうと》がそんな高級ワインを揃えられるのか、と。

「なんやて？　言いがかりや」

藤堂が嘘をついているとは思えないし、鶴田の反応を見れば答えは明白だ。氷川はなんとも形容しがたい怒りで身体《からだ》が熱くなった。

「見苦しい真似は控えたほうがよろしいかと」

藤堂の紳士的な態度は、鶴田の怒りの火に油を注いだだけだ。

「この野郎、優しくしてりゃ、つけあがりやがってーっ」

鶴田が割れたロマネ・コンティの瓶で藤堂に襲いかかった。だが、桐嶋の大きな手がロマネ・コンティの瓶を撥ね除ける。目にも留まらぬ速さで、鶴田を床に叩きつけた。

「カズ、もうええな？」

桐嶋は藤堂の承諾を取ってから、人相の悪い男たちに立ち向かった。氷川と藤堂はカウンターの奥に避難する。

「このアホがっ、カタギ相手になんちゅう悪さをするんやっ。本物のワインを売ってやれやーっ」

どうやら、桐嶋の正義感に火がついたらしい。

「そのうるさい口を二度と開かんようにしちゃる」

「あほんだらっ、俺が誰かわからへんのかーっ」

「どこのチンピラやっ」

鶴田と西坂ローンの社長が従えていた男たちは二十人近くいる。氷川はカウンターの奥でハラハラしたが、藤堂はまったく動じていなかった。

「桐嶋さん、大丈夫かな？」

「姐さん、安心してください」

「警察に通報したほうがいいんじゃないかな？」

氷川が一般人としてごく常識的な対応の提案をすると、藤堂は苦笑を漏らした。

「元紀もヤクザです」

和歌山の奥地暮らしが長くなったせいか、氷川の感覚はどこか麻痺《まひ》しているのかもしれない。桐嶋が桐嶋組の金看板を背負っている男なのはわかっているし、腕っ節も強いと知っているが、不安でならないのだ。

「そりゃ、そうだけど後ろから刺されたら……」

どんなに桐嶋が強くても、背中に目はついていない。背後から凶器を突きつけられる危険は否定できなかった。

「心配なら元紀ではなく、八重さんのそばにいる眞鍋の兵隊を心配したほうがいい」

なんの前触れもなく、藤堂は眞鍋組の卓を示唆した。

「……え？　卓くん？」

氷川がガラス玉のような目を揺らした時、カウンターの向こう側から桐嶋の声が聞こえてきた。

「深窓のお嬢様コンビ、もうええで」

氷川と藤堂がカウンターから出ると、真っ白な床には人相の悪い男たちがひとり残らず失神していた。ワインセラーは破壊され、偽物のワインがいたるところに転がっている。

鶴田の太股《ふともも》にはワインの瓶が突き刺さり、苦しそうな声で呻《うめ》いていた。

「救急箱は？」

怪我人《けがにん》がいたら、氷川がするべきことは決まっている。医者としての条件反射に、桐嶋は素《す》っ頓狂《とんきょう》な声を上げた。

「何を言うてるんや。こいつらの怪我なんて怪我やない」

　さて、と桐嶋は鶴田の襟首を掴み、高く持ち上げた。

「……う……ううう……」

「ナンショウワッハの鶴田社長？　ヤクザやな？」

「……お、俺のバックには長江組がついとうで……わかっとんのか……」

　鶴田の脅しに氷川は背筋を凍らせたが、桐嶋は馬鹿にしたように鼻で笑い飛ばした。

「長江組？　長江組がこんなチンケなヤマを踏むとは思えんが？　第一、長江組がホンマに出張ってきたら、いくらかかるかわかっとんのか？　まさか、長江組の名がタダとは思ってへんな？　お前に払えるんか？」

　例外はあるだろうが、長江組系列の暴力団でも、長江組の力を借りたら、それ相応の見返りは必須《ひっす》だ。鶴田が長江組を担ぎだすことはできても謝礼は払い切れないだろう。

「……キ、キサマ……ヤクザやな……」

　ようやく鶴田は桐嶋の素性を悟ったらしい。

「気づくのが遅すぎるわ」

「丸不二川田病院はうちの金蔓《かねづる》や。手を出すな」

「カタギを泣かしたらあかんやろ」

「カビくせぇことをぬかすな。どないしてシノぐんや」

なんならお前にも一枚噛ませてやる、と鶴田は桐嶋に共闘を持ちかけた。案の定、孝義の妻の実家や親戚の財産も狙っているようだ。

「アホかーっ、この俺がそないな話に乗ると思っとんのかーっ」

怒髪天を衝《つ》いた桐嶋に力任せに絞め上げられても、鶴田は意思を曲げなかった。金策の目処が立たず、切羽詰まっているのは事実らしい。

「孝義の嫁さんの実家や親戚の財産を合わせたらざっと見積って、五億以上いくで。七・三でどうや」

鶴田が七割、桐嶋が三割だと、鶴田は下卑た笑いを引《ひ》き攣《つ》らせて分け前の提案をする。

「アホか」

「六・四でどうや？」

「ええ加減にしいや。ちゃっちゃと詫《わ》びて帰らんか。二度と丸不二川田病院に足を踏み入れたらあかんで」

鶴田は桐嶋からカウンターの前に立ち尽くしている氷川に視線を流した。まだ屈服していない。

「氷川先生、真面目そうなお医者さんやけど、ヤクザとつきあいがあるんやな？　病院にバレたら大変やな？　黙っててほし……」

鶴田は脅し文句を最後まで言うことができなかった。桐嶋が凄まじい力で、鶴田の首を絞め上げたからだ。

殺す気なんか、と意識を取り戻した西坂ローンの社長が掠れた声で叫んだ。

「おどれ、文句があるなら俺に言え。俺は東京の桐嶋組の組長や。桐嶋元紀、いつでも相手になってやらぁ」

桐嶋の宣戦布告に鶴田は足を痙攣《けいれん》させた。西坂ローンの社長は恐怖で固まり、微動だにしない。

「元紀、それぐらいにしろ」

藤堂が悪鬼と化した桐嶋を宥《なだ》め、ようやく鶴田は解放される。けれど、もう鶴田は話ができる状態ではない。

「西坂ローンもナンショウワッハも長江組系松風《まつかぜ》組の構成員がオーナーですね？」

そのオーナーが鶴田社長なんですね、と藤堂は静かな調子で西坂ローン社長に語りかけた。

氷川にも鶴田と西坂ローン社長の力関係がわかった。

「それが？」

「黒幕は愛里さん……ですか、愛里さんはお元気ですか？」

愛里と手を組んでいるのかと、藤堂は西坂ローンの社長に問いかけているようだ。氷川が息を呑《の》むと、西坂ローンの社長は手を振った。

「愛里？　あの女は俺の女ちゃうで。鶴田さんの女でもない」

「なぜ、愛里さんはナンショウワッハからワインを仕入れたのですか？」

セレブ嗜好《しこう》の愛里のプライドを満たすのは、難波の名の通ったワイン専門店だ。名も歴史もない卸業者のナンショウワッハでは、愛里のセレブ嗜好は満足しないはずだ。

「俺の女が愛里のキャバ嬢仲間や。ジジイと結婚して羽振りがよくなったと聞きつけて、俺の女が愛里に連絡を入れたんや」

「愛里さんも騙されたのですか」

藤堂が喉《のど》の奥だけで笑うと、西坂ローンの社長は顔を醜悪に歪《ゆが》めた。

「あんた、何者や？」

「俺のことより、ご自分のことを考えては？　上納金の期限が迫っているのでしょう。新しい金策を考えたほうがいい」

藤堂の言葉が合図になったのか、西坂ローンの社長は白目を剥いている鶴田を店外に運びだした。意識を取り戻した男が、失神している男を引きずりだす。

あちこち無残にも破壊され、もはやベル・エポック時代のパリのイメージは微塵《みじん》もない。

「……あ、孝義先生、心配しているだろうな。知らせないと」

氷川は大きな深呼吸をしてから、孝義に連絡を入れた。いずれにせよ、これでワインの代金を支払う必要はなくなった。

けったくそ悪い、と桐嶋は連発しつつ、駐車場へ向かった。そう、駐車場へ向かっていると思っていたのだが、桐嶋は吸い込まれるように中華そば屋に入っていく。

「桐嶋さん?」

氷川が藤堂と顔を見合わせると、中華そば屋から桐嶋に大声で呼ばれた。

「おう、そこのお嬢様コンビ、何をやっとんのや? 和歌山に来たら和歌山ラーメンを食わなあかんやろ」

氷川と藤堂はどちらからともなく苦笑を漏らすと、桐嶋に従って中華そば屋ののれんを潜る。地元では中華そばと呼ばれている和歌山ラーメンの名店だ。

「美味《うま》い、美味いで。ショウちんから聞いとったがマジに美味いやんか」

氷川はどちらかといえば、ラーメンより日本そばが好きだが、桐嶋の興奮も納得できる味だ。

「美味《おい》しい」

「パリのラーメンとは違う」

藤堂はどこか遠い目で和歌山ラーメンを食べているが、パリという土地に氷川は目を丸くした。

「パリ？」

「パリでラーメンを食べたことがありますか？」

藤堂は清和との闘いに破れた後、日本を飛びだして海外を転々としたという。パリでは、ロシアン・マフィアのイジオットの次期トップと一時期ともに暮らしていたそうだ。当時、清和は躍起になって藤堂の行方を追わせていたが、消息は摑めなかった。

「ないけど」

氷川と藤堂ではパリまでの距離が違う。

「ぜひ、パリで調理人が日本人ではないラーメン屋でラーメンを食べてみてください」

「新しいラーメンみたいで美味しいんですか？」

「ノーコメント。先入観なく召し上がっていただきたい」

氷川が藤堂の思い出のパリラーメンに首を傾《かし》げていると、桐嶋は二杯目のラーメンを平らげ、さらに替え玉を追加注文した。

「そこのお嬢様コンビ、もっとキリキリ食わんかい。この後、ショウちんお勧めのラーメン屋にも行くで」

桐嶋はラーメン鉢に手を添えたまま、今後の予定を断定口調で言った。

「……え？　桐嶋さん、まだ食べるの？」

　氷川の胃袋はラーメン一杯で満足している。

「このけったくその悪さは、和歌山ラーメンでしか慰められへん。あないにええ人たちを騙すなんて、マジにけったくそ悪い奴らや」

「桐嶋さん、僕はもうこれで充分」

　いくら美味しくても、氷川に二杯目の和歌山ラーメンを食べる自信はなかった。藤堂も同意するように相槌を打つ。

「ここで和歌山ラーメンを食わんかったら、俺は廃人になったるで。姐さんとカズは俺を廃人にする気なんか」

　桐嶋の鬼気迫る和歌山ラーメン愛に、氷川は圧倒されてしまう。藤堂は観念したようにテーブルを人差し指で軽く叩いた。

「姐さん、今の元紀は誰にも止められません」

　藤堂が指摘したように、今の桐嶋は和歌山ラーメンに取《と》り憑《つ》かれている男だ。止めようとしても、止められないだろう。

「……みたいだね。僕、ラーメンのはしごって生まれて初めて」

「俺もです」

　桐嶋の問答無用の希望により、和歌山ラーメンのはしごをする。二軒目の和歌山ラーメ

ンも絶品だが、氷川は半分食べると苦しくなった。残すのは気が引けるが、もはや無理だ。氷川が箸を置いた時、藤堂は桐嶋に半分以上残したラーメンを勧めた。

「元紀、俺はもういい」

「カズ、なんでこれくらい食われへんのや。こんな美味いラーメン残すなんてアホやで」

桐嶋は悪態をついてから、藤堂が残した和歌山ラーメンを美味しそうに食べる。彼の胃は底なしだ。

その手があったか、と氷川は自分のラーメンも桐嶋の前に置いた。

「桐嶋さん、美味しいけど、もう僕もお腹いっぱい。食べて」

「姐さんもかいな。ほんまにカズも姐さんも深窓のお嬢様やな。ジブンが深窓のお嬢様ってことを肝に銘じて、これからは無茶をしたらあかんで」

桐嶋は氷川と藤堂が食べきれなかったラーメンを食べ、さらに替え玉もして、ようやく満足したようだ。

桐嶋は三軒目に突入せず、車を駐めた駐車場に行く。氷川の目から見て、不審者に追跡されているフシはない。

「桐嶋さん、僕が見てもわからないけど、尾行されていない?」

「姐さん、今のところOKでっせ」

桐嶋がハンドルを握る車で、氷川たちは再び丸不二川田病院が建つ山奥に向かった。

6

車中、桐嶋《きりしま》と藤堂《とうどう》から東京での現状を聞き、氷川《ひかわ》は安堵《あんど》の息を漏らす。ロシアン・マフィアのイジオットの次期トップも、ギャング化した暴走族のトップも、今のところはおとなしいようだ。ただ、藤堂に一目惚《ひとめぼ》れする男が後を絶たず、桐嶋の神経がささくれだっているのは伝わってきた。

桐嶋の藤堂に対する罵倒《ばとう》が一際激しくなった時、すっかり馴染《なじ》んだ丸不二川田《まるふじかわだ》病院が氷川の目に飛び込んでくる。自分の家に帰ったような気になるほどだ。

「姐《あね》さん、僻地《へきち》暮らしがやけに板についとんで。頼むから、田舎のお嬢さんにならんとってな」

桐嶋に神妙な面持ちで釘《くぎ》を刺され、氷川はにっこりと微笑《ほほえ》みつつ、座席から勢いよく降りた。

「姐さん、東京におる時はそんな威勢よく車から降りへんかったで？　ドアを開けられるまでちんまり待っていたはずやのに……俺と一緒に帰ろな。姐さんはこのままここにおったらあかん」

桐嶋はさめざめと男泣きしたが、どこか芝居がかっている。氷川は白い建物を指し、きっぱりとした声音で言った。

「元紀《もとき》くん、ここから姐さんは禁止だ。わかったね？」

丸不二川田病院に一歩でも足を踏み入れたら、親戚《しんせき》設定で接しなければならない。どこで誰の目が光り、聞き耳が立てられているか、わからないからだ。

「……お兄ちゃん、俺はマジで心配や。そのうちタヌキに襲われんで」

「キツネは見たけどね」

池の祟《たた》り説と並んでキツネやタヌキの化かし説も流布している。道に迷っても、物を失くしてもキツネかタヌキの仕業だ。血圧が上がっても血糖値が上がっても、キツネやタヌキのせいになることがある。病気の原因がキツネやタヌキなら、この世に病院は必要ないだろうに。

「お兄ちゃん、深窓のお姫さんのくせにタヌキやキツネが怖くないんか？」

「タヌキやキツネが怖くて医者は務まりません」

「そうなんかいな？」

正面玄関を入った途端、受付のスタッフが涙目で迎えてくれた。椅子《いす》に座っていた患者たちからいっせいに拍手が湧《わ》き上《あ》がる。日の丸の国旗や大戦中に使われた軍旗を振る老人もいれば、国体の旗やゆるキャラの旗を振る老人もいた。

「バンザーイ、バンザーイ、バンザーイ」

氷川や桐嶋、藤堂の前で『万歳三唱』が起こる。

「バンザーイ、バンザーイ、バンザーイ。おおきに、氷川先生、おおきによう。おっちい奴らをやっつけてくれたんやな。大きいお兄ちゃんもおおきによう。俳優のお兄ちゃんもおおきによう」

「氷川先生、ご苦労さんやで。男前の兄やんも映画に出ちゃう兄やんもおっちい鬼を退治してくれてご苦労さんやで」

「男前の兄やんと映画に出ちゃう兄やんは池のお使いやのうて八幡《はちまん》さんのお使いかのぅ？　ありがたや～ぁ」

どうやら、すでに孝義《たかよし》から、ワインが偽物だったので借金問題が解決したと聞いているらしい。氷川は今までの経験で悟っているが、桐嶋と藤堂は老人たちの対応に困惑しているようだ。

「丸不二川田病院の救世主に敬礼っ」

旧海軍軍人に敬礼され、桐嶋はやけに畏《かしこ》まった様子で敬礼を返している。藤堂は敬礼する桐嶋の隣で苦笑いを浮かべた。

受付から連絡がいったのか、孝義が早足で近づいてくる。背後には顧問弁護士である有《あり》本《もと》もいた。

「氷川先生、おおきに。助かった。偽ワインがこの世にあるなんて思いもせんかった」

興奮気味の孝義に手を握られ、氷川は首を振った。

「僕は何もしていません。ワインが偽物だと見破ったのは藤堂さ……和真《かずま》くんです。彼は俳優じゃなくて商社の社長なんですよ」

孝義は泰然としている藤堂の手をぎゅっと握り、深々と頭を下げた。

「藤堂社長、おおきに。本当は患者に何をされるか怖くて、たまらへんかったんや。祖母や妻の両親が金を用意すると言うてくれたけど……」

孝義の人徳か、丸不二川田病院の地域における重要さゆえか、ワイン代金は用意されていた。ナンショウワッハの鶴田《つるた》が睨《にら》んだ通り、孝義と丸不二川田病院には金が集まる。

「ナンショウワッハの鶴田社長の行為は犯罪です。一銭たりとも渡す必要はありません」

孝義の生真面目《きまじめ》で優しい性格に思うところがあったのか、藤堂にしては珍しく自分から注意をした。

「そやな」

「警察がどこまで動いてくれるかわかりませんが、届けておいたほうが賢明でしょう。証拠用のワインは残していますから」

鶴田や西坂《にしざか》ローン一行は手当たり次第、ワインバーにあった偽のワインを叩《たた》き割《わ》った。証拠隠滅を図ったつもりなのだろう。

しかし、藤堂はさりげなくカウンターの下に偽のワインを隠していた。銘柄もきちんと選んでいて、氷川は感心したものだ。

「わかった」

「ワインバーはすぐに引き払ったほうがよろしいでしょう」

「ああ、それは有本先生とも言うとったんやけど、契約上の都合で家賃は来月末までなんや。来月末までに片づけたらええと思っておった」

孝義にそんな余裕はなかったし、氷川にしてもそうだ。ぶらくり丁《ちょう》のワインバーを、確かめることとさえしなかった。

顧問弁護士の有本が真剣な顔で口を挟んだ。

「藤堂社長、ナンショウワッハは暴力団ですか？」

「ナンショウワッハの鶴田社長と西坂ローン社長は暴力団員のようですが……」

藤堂はあえて言葉を濁したが、有本の顔色はますます悪くなった。

「ヤクザに睨まれたらタダじゃすまへん。なんやかんやと因縁をつけられるかもしれへんな？」

「その可能性は否定できませんが、罪を犯したのは先方ですから」

藤堂は一呼吸置いてから、有本を凝視して言った。

「有本先生、丸不二川田院長の元奥様、愛里《あいり》さんの消息をご存じではありませんか？」

藤堂が質問をするまで、有本は愛里の存在を忘れていたようだ。孝義にとっては忌まわしい名前だし、わらわらと集まってきたスタッフたちの顔も渋くなった。

「知らん。誰も知らんのや。離婚の時もあっちの弁護士にやられてもうた。面目ない」

「愛里さんの従姉《いとこ》、友人や知人も丸不二川田病院で働いていたのでしょう？　そのうちの誰かひとりでもご存じありませんか？」

ネズミが沈没船から逃げるかの如く、愛里関係者は一気に消えた。氷川を筆頭に誰も止めなかったが。

「……知らんわ」

有本が視線を泳がすと、孝義やスタッフたちも同意するように頷《うなず》いた。それ以上、藤堂は言葉を重ねず、上品な態度で引く。

いつの間にか、丸不二川田病院に夕陽が射し込んでいる。

「氷川先生、疲れたやろ。お疲れさんやった。今日はもう休んでぇや」

孝義にありったけの感謝を注がれ、氷川は恐縮しつつ、丸不二川田病院を後にした。そのまま与えられた家に帰る。

「姐さん、念のため、今夜は泊まらせてぇな」

鶴田がどう出るかわからないので、桐嶋と藤堂は氷川のところに泊まりこむことになった。氷川はいつものように近所から差し入れられた野菜で夕食を作る。

「藤堂さん、うちにワインはないからね」

氷川が桐の卓に新鮮な野菜で作ったサラダを載せると、藤堂はにっこりと微笑んだ。

「わかっています」

「桐嶋さん、うちにお肉はないから」

氷川がレンコンのきんぴらを差しだすと、桐嶋はハンターの顔で言った。

「ちょっくら出かけて、イノシシを仕留めてきますわ」

「ショウくんじゃあるまいし」

「俺の節約メニューに比べたらご馳走《ちそう》や」

桐嶋は小麦粉があれば、何種類もの料理を作ることができる。伝説のヤクザの息子は、想像を絶する貧しい少年時代を送ったのだ。

「お米はたくさんあるから」

すでに食べきれないほどの白米を、小豆《あずき》や大豆とともにもらっている。

「不便なところやけど、人がめっちゃ優しいんやな。まだ、こんなにええ人が日本に残っとうんやなぁ」

桐嶋がしみじみと漏らすと、藤堂も同意するかのように軽く頷いた。ふたりとも付近の住人たちの情に和んでいる。

少し病院にいただけで、桐嶋と藤堂のポケットは患者たちのみかんやりんご、煎餅《せんべい》や饅頭《まんじゅう》の差し入れによってパンパンに膨れ上がった。

「うん、悪い人がいないんだ。ここはとても不便だけど、人が優しいから好きなんだ」

氷川が花が咲いたように笑うと、桐嶋も晴れやかな笑顔を浮かべた。

「俺も好きや……いや、姐さん、ヤバい、ここに根を下ろしたらあかんで」

「わかっているから」

氷川がコクリと頷いた時、桐嶋の携帯電話の着信音が鳴り響いた。

「おう、眞鍋《まなべ》の色男か、こっちは姐さんの手料理を食わせてもらっとう最中や。粉もん勝負は俺が勝つけど、葉っぱ勝負は姐さんに敵わん……ああ？　あ？　さすがや、さすが、眞鍋の昇《のぼ》り龍《りゅう》や、サンキューでっせ」

桐嶋は携帯電話を手にしたまま、氷川と藤堂に向かって高らかに言い放った。

「眞鍋組が鶴田の上に話をつけてくれたわ。これで鶴田や西坂ローンは孝義先生や丸不二川田病院に手も足も出せへん」

ふたたび、桐嶋は携帯電話の向こう側にいる清和《せいわ》に喋《しゃべ》りかけた。

「おおきに、俺は鶴田ともう一戦交えるつもりやったわ……おう、ええ人ばっかりやで。あんな善良でええ人を騙したらあかんがな……ああ、やっぱり、鶴田の単独犯なんやな……アホや」

桐嶋は鶴田に対する悪態をひとしきりついた後、なんの前触れもなく、ガラリと話題を変えた。

「眞鍋の、姐さんと藤堂和真、どっちが怖いんや？　……おいおいおいおい、黙り込んだらあかんがな。もし、藤堂和真が悪さをしたら戦えばええ。こてんぱんに叩きのめしたらええやんか。でも、姐さんを怒らせたらどないするんや？　藤堂より姐さんの家出のほうが怖いやろ。姐さんの家出は誰にも止められへんで。今さら言うのもなんやけど、姐さんはダーリンと藤堂和真が仲良しになることを祈っとんで。姐さんを怒らせたらあかんがな。姐さんは池の祟りや地獄のお使いより怖いで。さぁ、脳ミソにカツを入れてよう考えてから答えを出すんや。姐さんと藤堂和真、どっちが危険人物や？」

桐嶋は機関銃の如く捲《ま》くし立《た》てている。氷川は箸《はし》でつまんだきのこの炒《いた》め物《もの》を落としそうになってしまった。

「……そやろ、姐さんのほうが藤堂和真より怖いやろ。えらい正直やんか。姐さんがおらんでだいぶこたえてんのやな。アホやな。カズを狙っても俺が守るし、姐さんにチクるってわかっとうやろが。俺は眞鍋んとこが極めつけのカカア天下やって知っとうのやで。俺は姐さんの舎弟やで。眞鍋の色男らしくないアホなことをしよったな。……ん、ああ？　そっちの話？　逃げんのか？　まぁ、ええわ、その愛里ちゃんとその一派はカズも気にしとうみたいで行方を聞くんや。卓《すぐる》ちんも気にしとんのかいな……おお、おお、俺のカンやったら、愛里ちゃんはオヤジ亭主からもぎ取った金を使い果たしているやろけどな……そや、そういう女は根っからそういう女なんや。姐さんとは全然ちゃうで。志乃《しの》ママとも涼子《りょうこ》ちゃんとも花音《かのん》ちゃんともちゃうで……おお、おお、ほな、頼んだわ……待たんか、姐さんに代わるで……あれ？　切りよった？」

桐嶋のマシンガントークが終わった時、氷川の白皙《はくせき》の美貌《びぼう》は引《ひ》き攣《つ》っていた。背後には灼《しゃく》熱《ねつ》の炎とともに夜叉《やしゃ》が浮かび上がっている。

「桐嶋さん、志乃ママはクラブ・竜胆《りんどう》の志乃ママだね。涼子ちゃんと花音ちゃん、って誰？」

桐嶋の口から出た女性の名前に、氷川の心の中に嵐《あらし》が吹き荒れた。志乃は清和の初めての女性で、眞鍋組のシマでクラブを開いている。悔しいけれども、文句のつけようがない女性だ。

「そんなん、聞かんでもわかるやろ？　姐さんのダーリンはモテモテ男やで？　姐さんがおらへんのに、女の戦いが起こらんわけないやろ？」

桐嶋は携帯電話を桐の卓に置くと、サトイモの煮っころがしに箸を伸ばした。元竿師《もとさおし》は男女関係に関してはフランクだ。

「清和くん、浮気したの？」

氷川が般若《はんにゃ》のような顔で聞くと、桐嶋はサトイモの煮っころがしを咀嚼《そしゃく》してから答えた。

「姐さんのダーリンは若いんやで？　ムラムラしたらどないせいっちゅうんや？　立って

るだけでDカップの美女やプリンプリンヒップの美女が迫ってくるんやで？　姐さんにどこか似た和風美人も抱きついてくるんやで？」

桐嶋はあえて明言を避けているようなフシがあった。

「……浮気したんだ？」

無意識のうちに、氷川は手にしていた箸をバキッ、と折り曲げた。自分で曲げた箸に驚く余裕もない。

清和がどれだけ女性にとって魅力的な存在か、今さら説かれなくても知っている。氷川の脳裏には絶世の美女に囲まれる清和が再現された。

「ちゃっちゃとダーリンのところに戻らなあかんがな」

どないにラブラブなカップルでも離れたらヤバいで、と桐嶋は独り言のように続け、氷川の手から折れた箸を取り上げた。

「……とうとう……とうとう……とうとう浮気したんだ……とうとう……僕には清和くんしかいないのに……そりゃ……僕はそばにいないけど……とうとう……とうとう……とうとう浮気……」

氷川がカボチャの煮物に向かって呪詛《じゅそ》の如くブツブツと呟《つぶや》くと、桐嶋は諭すように優しく言った。

「明日、俺らと一緒に東京に戻ろうな」

桐嶋のその一言で、氷川は正気に戻った。

「……桐嶋さん、その手には乗りません。当初の予定通り、丸不二川田院長が退院するまでここにいます」

清和の浮気に対する氷川の嫉妬《しっと》を煽《あお》り立《た》てて、東京へ戻らせるつもりだったのだろう。危うく引っかかるところだった。

氷川が必死の決意で踏み留まると、桐嶋の口の端がピクピクと引き攣った。

「姐さん、ダーリンを巡る女の大戦争で眞鍋のシマは荒れとうで？」

桐嶋は小松菜のおひたしを突きつつ、不夜城で起こっている凄絶《せいぜつ》な戦争に言及した。藤堂まで同意するように目で合図を送ってくる。

「清和くん、そんなにたくさんの女の子に手を出したの？」

「女たちが一方的に熱くなって、ダーリンを無視して勝手に戦いだしたんや。半端やない。ショウちんがヤツアタリを食らって、ギョーザ屋で愚痴っとったわ」

「浮気しなかった、って清和くんは言っていたけど……嘘をついている様子はなかったけど……久しぶりだから僕のカンが鈍くなっていたのかもしれない……」

氷川は清和と布団の中で交わした言葉を反芻《はんすう》した。

「浮気されたら困るんやろ？　浮気されたくなかったら、ダーリンのそばにおらなあかんやんか」

「……もし、浮気していたら、清和くんへのお土産は紀州《きしゅう》名物のなれ寿司だ。名古屋で味噌煮込《みそにこ》みうどんも買って食べさせる」

卓やショウなど、清和の舎弟たちはみんな、紀州名物のなれ寿司に白旗を掲げた。きっと清和もなれ寿司には勝てないだろう。

「姐さん、なれ寿司と味噌煮込みうどんなんて屁《へ》でもないで。腹いっぱい食わせたかて、腹痛にもならへんわ」

桐嶋は馬鹿らしそうに、煮たカボチャを刺した箸を振った。

「……ん、どうしてくれよう」

氷川は怒りで自分の身体が熱くなっていることに気づく。冷ますように、頬を左右の手で叩いた。

「姐さん、若い医者と同じ屋根の下で乳繰り合っとったんやって？　あかんがな」

ショウから聞いたのか、桐嶋は清水谷学園大学の医局から派遣されている五十嵐《いがらし》について指摘した。

丸不二川田院長から送られてくる花嫁候補を拒むために、五十嵐と氷川は手を組んだにすぎない。愛里との離婚により、五十嵐が住んでいた家が売られ、一時期は氷川と生活をともにした。だが、氷川と五十嵐の間に艶《つや》めいた空気が流れたことは一度もない。

「……五十嵐先生のことだね。五十嵐先生とは共同戦線を張っただけだよ」

「五十嵐先生はホモなんやろ？　ホモなら姐さんの魅力にクラクラすんで。俺かて眞鍋の色男はノーサンキューやけど、姐さんならサンキューや」

「僕の話じゃないの。清和くんの話だよ。桐嶋さん、話を誤魔化さないで」

氷川と桐嶋の間では決着のつかない会話が延々と続いたが、最初から最後まで藤堂は静観していた。


氷川はあえて清和に連絡を入れなかった。いつまでも苛立《いらだ》っていても仕方がない。風呂《ふろ》の準備をし、藤堂を先に入らせる。

藤堂と入れ替わりに桐嶋を風呂に送った。

「藤堂さん、何か飲む？」

氷川が台所から声をかけると、藤堂は髪の毛を乾かしながら答えた。

「ミネラルウォーター……いえ、水をお願いします」

清和と暮らしていた頃、氷川はミネラルウォーターを常備していた。けれども、ひとりになると途端に気が抜ける。

「うん、ここにはミネラルウォーターはない。よくわかったね」

氷川は浄水器を通しただけの水をグラスに注ぎ、藤堂に手渡した。

「姐さん、ありがとうございます」

「藤堂さん、二度と桐嶋さんから逃げちゃ駄目だよ」

氷川が真摯《しんし》な目で言うと、藤堂は上品な笑みを口元に浮かべた。まったくもって、何を考えているのかわからない。

再度、氷川が念を押そうとした時、来客を告げるチャイムが鳴り響いた。

「こんな時間に誰だろう？　鶴田社長や西坂ローンの社長じゃないよね？　清和くんが話をつけてくれたんだよね？」

氷川は応対しようとしたが、藤堂にやんわりと止められてしまった。

「姐さん、俺が応対します」

「藤堂さんも危ない」

氷川でさえ藤堂の危うさには、心の底から呆《あき》れ果《は》てる。今となっては、藤堂を危惧《きぐ》する清和が滑稽《こっけい》に思えるほどだ。

「俺の経歴をお忘れですか？」

「忘れちゃいないけど……」

何か思うところがあるのか、藤堂にしては珍しく強引に氷川を押さえ込んだ。もっとも、夜の訪問者は若い眼科医の五十嵐だった。今までに幾度となく花嫁候補に押しかけられ、氷川のもとに逃げてきたことがある。

「藤堂さん、こんな時間に申し訳ありません」

五十嵐は頬を紅潮させ、応対に出た藤堂に詫びた。

なんだ、五十嵐先生か、今夜もどこかの女性から避難してきたんだな、と氷川が思ったのも束の間、五十嵐は靴も脱がずに藤堂に飛びかかった。

何が起こったのか理解できず、氷川は廊下の端で置物のように固まる。どこからともなく、野生動物の夜の遠吠《とおぼ》えが聞こえてきた。

「僕、この何もない田舎に飛ばされた意味がやっとわかりました。藤堂さんと巡り合うために、丸不二川田病院に回されたんです」

藤堂はいきなり廊下に押し倒されてもまったく動じなかった。

「……君は？」

「眼科医の五十嵐です。僕が藤堂さんの運命の相手です。やっと巡り合えましたね」

五十嵐は熱に浮かされたような目で藤堂を見つめた。映画かドラマに出てくるような陳腐な口説き文句だが、五十嵐本人はいたって本気だ。

「相手を間違えている」

俺は君の運命の相手ではない、と藤堂は抑揚のない声で語った。

「相手を間違えてはいません。僕は一目惚れしました。藤堂さんを見た瞬間、僕の運命の人だってわかりました」

五十嵐の情熱的な告白を、藤堂は受け入れたりはしない。

「申し訳ないが……」

藤堂はいつもの調子で拒絶の言葉を口にしかけたけれど、五十嵐が物凄《ものすご》い勢いで遮った。

「絶対に後悔させない。僕を選んでください。誰よりも藤堂さんを深く愛せる自信があります」

五十嵐の求愛のセリフと同時に、きつい風に揺さぶられた木々の音が聞こえた。ガタガタガタッ、と古い家屋も揺れ、ようやく氷川は自分を取り戻す。五十嵐先生は花嫁候補に迫られて逃げてきたんじゃなくて藤堂さんに迫りに来たのか、と。

「俺に君は愛せない」

「始まりはそれでも構わない。ふたりで過ごした時間が増えれば藤堂さんの気持ちも変わる。本当に好きなんだ」

とうとう我慢できなくなったのか、五十嵐は藤堂の唇にキスを落とした。手は早くも藤堂の胸元を暴こうとしている。患者のために奮闘していた眼科医の姿はどこにもない。

氷川の目から見ても、風呂上がりの藤堂には言いようのない色気があった。

「明日、俺は東京に帰る。君もすぐに俺を忘れる」

藤堂は五十嵐が哀れになるぐらい冷静だ。どんなに熱く口説かれても、藤堂の心には小波《さざなみ》さえ立っていない。

「忘れるわけない。こんな気持ちになったのは生まれて初めてだ」

五十嵐自身、自分で自分がコントロールできずに葛藤《かっとう》しているようだ。本能に突き動かされるがまま、藤堂の身体にむしゃぶりついている。

「落ち着きたまえ」

「藤堂さんを一目見た時からおかしくなった。もう駄目だ。気持ちを抑えきれない」

氷川には確かめなくてもわかる。五十嵐の分身は藤堂の身体で確実に硬くなっていた。それは身体を密着させている藤堂も気づいているはずだ。

「冷静に周りを見たまえ」

「一度、ヤってみよう。ヤってみたらわかるから」

五十嵐は独自の理論を展開したが、藤堂は廊下の端にいる氷川を示した。

「氷川先生がいらっしゃるが?」

「氷川先生もゲイだ。大目に見てくれる」

東京の彼に捨てられても縋っていたんじゃないの、と氷川は廊下の端から五十嵐に突っ込んだ。

五十嵐を止めるべきか、それとも下手に口を挟まないほうがいいのか、氷川が思案に暮れていると、風呂から上がった桐嶋が背後に立っていた。よほど慌てていたのか、濡《ぬ》れた身体にはバスタオル一枚巻かれていない。

「……お、おんどりゃ、カズ、キツネとタヌキがハバをきかす僻地に来てまでけったいな男に張りつかれとんのかーっ」

桐嶋が悪鬼の如き形相で怒鳴ったので、氷川が手を振りながら説明をした。

「五十嵐先生はけったいな奴じゃないよ。清水谷の医局員で、ずっとここで頑張ってきた研修医だ。僕が言うのもなんだけど、真面目で誠実な好青年だ」

清和にしろ桐嶋にしろ五十嵐を危惧していたが、五十嵐の恋の対象になったのは氷川ではなく藤堂だった。つい、氷川は笑ってしまう。

「カズ、お前はけったいな奴ばかりやのうてそないな好青年まで惑わしたんか。お前も三十になったんやからオヤジになる努力をせえって前々から言うてるやろ。なんで、こないに男を血迷わせるんやーっ」

五十嵐は桐嶋の迫力にも怯まず、藤堂に伸《の》しかかったまま言った。

「僕は本気です。お見かけしたところ、桐嶋さんは藤堂さんの恋人じゃないし、ゲイでもありませんよね。なら、僕が藤堂さんに恋をしてもいいはず」

「五十嵐先生よぅ、そんな気色悪いことぬかすな」

「気色悪いとはなんですか。僕の恋を非難する権利はあなたにない。桐嶋さんに僕の恋を止める資格はない」

すごい、五十嵐先生、桐嶋さんと互角に言い合っている、と氷川は変なところで感心したが、そんな場合ではないのかもしれない。

桐嶋の興奮のボルテージがさらにアップした。

「カズは俺の嫁さんや。俺の嫁さんに手を出すなーっ」

氷川の問答無用の荒業により、藤堂は桐嶋の姐である。もっとも、氷川以外、誰も藤堂を桐嶋組の姐として扱っていないが。

「嫁さん？　嫁さんじゃないでしょう。僕のゲイ人生をかけてもいいが、桐嶋さんはゲイじゃない。藤堂さんと桐嶋さんの間に流れる空気も恋じゃなかった。まだ、あの地獄のお使いと間違えられた黒ずくめの男と氷川先生のほうがそれらしい……僕には恋人同士に見えたけど……親戚の子じゃなくて恋人……？　親戚の子を恋人にしたのかな？」

氷川は五十嵐の目の確かさに驚いたが、感心している時ではなかった。桐嶋が怒りに任せて、五十嵐に手を上げようとしたからだ。

「こ、この野郎、カズから離れんかーっ」

氷川は必死になって桐嶋に飛びついた。

「桐嶋さん、五十嵐先生を殴っちゃ駄目ーっ」

「殴られても蹴られても、藤堂さんに対する僕の想《おも》いは消えない。ここで藤堂さんを諦《あきら》めたら、僕は一生後悔し続ける」

氷川に桐嶋に五十嵐、三者三様、暴風域の真《ま》っ只中《ただなか》にいたが、肝心の藤堂はいつもと同じように微笑んでいた。まったくもって罪な男だ。

結局、氷川が五十嵐を宥《なだ》めすかして帰らせたが、鶴田や西坂ローン一行と対峙《たいじ》した時より疲れた。

寂しいまでの夜の静寂はどこへいってしまったのか、藤堂を罵倒する桐嶋の声が延々続いたのは言うまでもない。

7

翌朝、氷川《ひかわ》は桐嶋《きりしま》が藤堂《とうどう》を罵倒《ばとう》する声で目を覚ました。寝起きの悪い子供でも一気に起きる激しさだ。

本来の起床時間よりだいぶ早く、まだ外は薄暗い靄《もや》がかかっている。

「……桐嶋さん、まさか、一晩中、藤堂さんを責めていたの？」

氷川が唖然《あぜん》とした顔つきで聞くと、桐嶋は軽く手を振った。

「ちゃんと寝たんや。寝たんやけど、夢の中でもカズが男を惑わしとんのや。ホンマにもう、どないしたらええんや」

「夢の中の出来事で藤堂さんを責めちゃ可哀相《かわいそう》だ」

いくらなんでもそれはひどい、と氷川は窘《たしな》めようとしたが、桐嶋は腹立たしそうに、ふんっと鼻を鳴らした。

「夢だけやあらへん。姐さんが寝とう最中、五十嵐《いがらし》のガキが忍んできよった」

一瞬、桐嶋が何を言ったのか理解できず、氷川は楚々《そそ》とした美貌《びぼう》を裏切る表情を浮かべた。

「……え？」

桐嶋は興奮しているが、藤堂は他人事《ひとごと》のように涼しい顔だ。壁に寄りかかり、クセのある外科医から手渡された和歌山のガイドブックを眺めている。

「五十嵐のガキは一発殴ったら失神した」

五十嵐は諦《あきら》めきれずに再度、藤堂を訪ねて乗り込んできたらしい。業を煮やした桐嶋に腕力を行使されても仕方がないだろう。

「五十嵐先生はどこに？」

氷川は藤堂という熱病に冒されている五十嵐が不憫《ふびん》でならなかった。

「丸不二川田《まるふじかわだ》病院に放り込んだ」

丸不二川田病院ならば五十嵐が倒れていれば即座に介抱してくれるだろう。池の祟《たた》り説があるから、五十嵐は理由に苦心する必要はない。氷川が辟易《へきえき》した池の祟り説もたまには役に立つ。

「五十嵐先生、可哀相に……」

「五十嵐のガキ、なんで姐《あね》さんやのうてカズに惚《ほ》れるんや。姐さんに惚れとったら、眞鍋《まなべ》の色男が狂いよって楽しくなんのに」

ホモなら俺やのうて眞鍋の色男をキリキリさせんかっ、と桐嶋は方向違いのヤツアタリをしている。

「桐嶋さん、ここでそんな本音を……ううん、藤堂さん、僕が言うのもなんだけど、五十嵐くんに気を持たせないでほしい。未練を断ち切らせてあげて」

五十嵐の恋の病にはどんな投薬も効果はないはずだ。病の原因に託すしかない。氷川は五十嵐の先輩医師として、藤堂の手をぎゅっと握る。

「はい」

藤堂は氷川の手を拒んだりはしないが、強く握り返しもしなかった。彼の五十嵐への関心の低さを如実《にょじつ》に物語っている。

「ウラジーミルの時みたいに口先で誤魔化《ごまか》さないでほしい」

ロシアン・マフィアのイジオットの次期トップは、藤堂に恋をしている。詳しく言えば、藤堂に恋い焦《こ》がれた凶暴な男だ。金や権力、ありとあらゆるものを兼ね備えているからタチが悪い。

その決して怒らせてはいけない男を、藤堂は舌先三寸で追い払った。再会を暗示した春は刻一刻と迫っている。

温暖な和歌山では、早くも春の到来を感じつつあった。

いったいどうするつもりなのか、と昨日、氷川は車中で尋ねたが、藤堂の返答は相変わらずだった。

「今日、東京に戻ります。五十嵐先生とは二度とお会いしない……その前に、確かめたいことがあります」

藤堂に抑揚のない声で切りだされ、氷川はお茶の用意をしながら聞き返した。

「何?」

「八重《やえ》さんはご無事ですか?」

藤堂の口から八重の名を聞き、氷川はワイン代金として受け取った小切手を思いだした。昨日、返しそびれている。

「八重さん? ……あ、小切手を返すの忘れてた……え? 無事って? 八重さんには卓《すぐる》くんがついているから無事だと思うけど」

八重の古い屋敷に細工の痕《あと》を見つけてから、卓はずっと泊まりこんでいる。近所の住人によれば、どこに行くのも八重と卓は一緒だという。あまりの微笑《ほほえ》ましさに、近所の住人の頬《ほお》も緩みっぱなしだ。

このまま卓ちゃんがいついてくれちゃったらええのに、と誰もが卓の定住を願っている。卓に定住する気はないが、今のところ八重と離れるつもりもないらしい。八重を東京に連れていく計画を着々と進めているようだ。

「昨日、元紀《もとき》から聞きましたが、卓くんは愛里《あいり》や関係者の行方を調べるように、眞鍋組に依頼したそうです。卓くんは顧問弁護士の有本《ありもと》先生をマークしていますか?」

藤堂の、卓くん、のイントネーションには含みがあったが、氷川に読み取る余裕はなかった。どうして、八重のみならず丸不二川田家の顧問弁護士である有本に注意が必要なのだろう。

「……え？　有本先生？　なんで？　真面目《まじめ》でいい先生だよ？　今時、あんなにいい弁護士がいるんだ、ってびっくりするぐらい」

氷川が知る限り、有本を悪く言う者はひとりもいない。付近ではただひとりの弁護士であり、金にならない仕事も率先してこなし、絶大な信頼を受けている。氷川も有本は信頼に値する弁護士だと感じている。

「有本先生は愛里さんの従姉《いとこ》をよくご存じのはずです。不倫関係にあるのかもしれませんね」

予想だにしていなかったことに、氷川の思考回路がショートしかけたが、患者から手渡された和歌山県のゆるキャラのぬいぐるみを手に唸《うな》っている桐嶋の姿で自分を取り戻した。

「……え？　愛里さんの従姉って……最低の看護師の浅田萌香《あさだもえか》さん……まさか……」

愛里が掻《か》き集《あつ》めた丸不二川田病院のスタッフはみんなひどかったが、際立ってひどかったのは従姉である浅田萌香だ。今でも萌香の影に怯《おび》えている患者がいるし、氷川も彼女の言動を思いだすだけで腸《はらわた》が煮えくり返るほどだ。どうしたって、弁護士の鑑《かがみ》のような有本と繋《つな》がらない。

「最低の看護師であれ、若い女性には変わりない。特にこの地には若い女性がいなかったし、娯楽もなかった。有本先生の目には魅力的に映るのではないですか?」

藤堂はどこか遠い目で有本を単なる男として語った。

氷川が担当している患者の中に、有本の妻の母親がいる。そういえば、有本の不倫の愚痴を零していた。

「……あ、有本先生が不倫しているとか……女に貢いでいるとか……まさか、まさか、まさか、有本先生が貢いでいる相手は浅田萌香さん? どうしてそう思った?」

氷川は食い入るような目で藤堂に尋ねた。確固たる証拠がないと、俄《にわ》かには信じがたい。

「昨日、有本先生に愛里さんたちの消息を尋ねた時です。愛里さんの従姉、と言った時、微かに有本先生の反応が違いました」

氷川の脳裏に昨日の藤堂と有本とのやりとりが再現された。藤堂は有本に愛里や従姉の消息について尋ねている。

「……え? 有本先生の反応? 僕は何も思わなかった」

氷川だけでなく長いつき合いの孝義《たかよし》やスタッフも、誰ひとりとして有本の態度に不審感を抱かなかったはずだ。それなのに、初めて会った藤堂は微妙な変化を察知したというのか。これが、清和《せいわ》が危惧《きぐ》している藤堂の実力なのだろうか。

「繰り返しますが、この地には豊かな自然と人情しかない。高齢者ばかりの何もない地に若い愛里さんが嫁いできた。男ならば丸不二川田院長を羨《うらや》ましがるでしょう。同級生の有本先生ならばなおのこと」

藤堂はいっさいの感情を込めず、事務的に説明した。

昨今、親子どころか祖父と孫ほど歳《とし》が離れた夫婦が話題になっている。触発されたのか、若い女性を熱心に口説く老人も増えたらしい。歳の差カップルに対する特集もあちこちの紙媒体で組まれていた。そういった特集記事があると売れるからだ。

「愛里さんとの再婚で丸不二川田院長はさんざん非難されたよ。有本先生は再婚を止めた、って孝義先生から聞いた」

有本は丸不二川田院長ではなく、妻や息子の側に立っていた。幾度となく、丸不二川田院長の再婚を止めた形跡もある。

「いや、姐さん、男はいくつになっても男や。たとえ、杖《つえ》をついとう爺《じい》ちゃんでも男や。若い女が現れたら燃えんで」

淡白な藤堂に続いて元竿師《もとさおし》の桐嶋にも言われ、氷川は白百合とも称えられる白皙《はくせき》の美貌を曇らせた。

「……ん？　そうなの？　僕はそう思わないけど……」

一概には言えないが、女癖の悪い医師が多い。氷川が勤務していた明和《めいわ》病院内でも、不倫に勤《いそ》しむ医師が多かった。しかし、女遊びに励む医師とこの付近の男性とではまるで違う。

「どうであれ、愛里さんと丸不二川田院長の再婚が有本先生に大きな影響を与えたのでしょう。愛里さんは従姉をスタッフとしてこの地に呼び寄せた。悪の花であれ、花には変わりがない。真面目な男ほど、花に引っかかってしまう……いえ、愛里さんの贅沢《ぜいたく》な暮らしぶりを見て、萌香さんが金目当てに有本先生を誘惑したのではないでしょうか？」

藤堂はなんでもないことのように語った。有本や丸不二川田院長に対する感情はまったく窺《うかが》えない。

「……ん、だからといって、どうして八重さん？」

氷川はどうにも釈然としない。明確な説明を藤堂に求め、桐の卓を神経質そうに叩《たた》いた。

「有本先生の金が尽き、資産家の八重さんの財産を狙《ねら》っている可能性は否定できない。八重さんには身寄りがいないのですから」

藤堂が有本は八重の金目当てだと断言すると、桐嶋もコクコクと頷《うなず》く。氷川は首を左右に振って言い返した。

「たとえ、八重さんに何かあっても財産は萌香さんの手には入らない……あ、有本先生が遺言書を偽造すればいいのか……まさか、あの有本先生がそんなことをするはずがない」

氷川は否定するつもりで首を勢いよく振っていたが、有本が八重の顧問弁護士という格好の立場であることを思いだした。絶大な信頼を得ている有本ならば、八重の遺言をいかようにも偽造できる。それこそ、顧問弁護士である自分を遺産相続人にすることも可能だ。

　萌香は有本から八重の財産を巻き上げればいい。

　もはや、氷川は首を左右に振ることができなかった。だが、同意するように縦には振れない。

「姐さん、八重さんの屋敷に出入りする人間は限られているのではないですか？　その人間の中に有本先生もいるはずです」

　有能だと噂《うわさ》の卓くんならば気づいているに違いない、と藤堂はどこか冷たく感じる声で続けた。

「僕は有本先生を信じたい」

　卓ならば八重に悟られないように、屋敷に出入りしている人物を聞きだせるだろう。そして、有本は間違いなく八重の屋敷に出入りしている。

「一度質《たち》の悪い女性に溺《おぼ》れたら、どんな人物であっても女性の魅力からは這《は》い上《あ》がれない。元紀が長江《ながえ》組を破門になった理由はご存じですよね？」

　藤堂は傍《かたわ》らにいる桐嶋を手で示し、確かめるように言った。

　長江組の大原《おおはら》組長は日本全国津々浦々まで、その勇名を轟《とどろ》かせる極道だが、女房運には恵まれていなかった。三度目の女房はだいぶ歳の離れた美女だが、こともあろうに大原の舎弟だった桐嶋に色目を使ったのだ。当然、桐嶋は自身が仕える極道の姐を拒んだが、逆恨みされて、罠《わな》にはめられてしまった。

「うん、桐嶋さんは大原組長の奥さんを襲っていない。奥さんの大嘘を大原組長は気づいていたんだよね？」

桐嶋の窮地を金で救ったのが、東京で藤堂組組長として荒稼ぎしていた藤堂だ。大原も負い目があるので、藤堂に積まれた金を受け取り、桐嶋に指を詰めさせることは免除した。桐嶋が極道を見限り、竿師になった所以《ゆえん》である。

「はい、大原組長ほどの男でも溺れる時は溺れる」

藤堂は桐嶋を横目で眺め、大原組長の罪を明言した。男は女に勝てへんからしゃあないわ、と桐嶋は大原組長を許している。

丸不二川田院長が愛里に溺れたように、有本も萌香に溺れてしまったのかもしれない。ただ、丸不二川田院長の前例があるから、有本は長年連れ添った妻と別れず、萌香との関係もひた隠しにしたのかもしれない。いや、萌香の性格から察するに、主導権を握っているのは彼女だ。萌香がしたたかに水面下で有本を搾取しているのだろうか。

「清和くんでも女の子に溺れるかな？」

氷川は恐怖に駆られて愛《いと》しい男の名を口にした。清和の周りには愛里や萌香が霞《かす》む美女が侍《はべ》っている。

「姐さん、眞鍋の二代目は姐さんに溺れています。何を仰っているのですか」

ふっ、と藤堂が鼻で笑うと、桐嶋は人形遣いの如く和歌山県のゆるキャラのぬいぐるみを巧みに頷かせた。

「……え……ぼ、僕と清和くんも丸不二川田院長と愛里さんと同じ？　そうなのかな？　清和くんは色ボケオヤジじゃないけど……」

氷川の意識が清和に飛んだのを、藤堂は些《いささ》か強引に元に戻した。

「ワイン騒動により、八重さんは孝義先生に小切手を渡し、改めて卓くんに資産を譲ると公言しました。有本先生や萌香が焦ったと考えるのは妥当でしょう」

「……あ、もし本当なら」

氷川が卓の携帯電話の着信音を鳴らしたが、コールが続くだけで、なんの反応もない。こんなことは初めてだ。

「寝ている……ううん、卓くんならすぐに飛び起きる」

藤堂と桐嶋は立ち上がり、玄関に向かった。ふたりはなんらかの異変を察したのだろう。

「桐嶋さん、藤堂さん、僕も行く」

氷川は咄嗟《とっさ》にコートを摑《つか》むと、藤堂と桐嶋を追った。有本先生はそんなことをしない、と心の底から願いながら。

八重がひとりで住んでいる昔ながらの日本家屋は高い塀に囲まれ、車からでは中の様子を窺うことはできない。ひとりでこの広い屋敷に住むなど、寂しいだろうし、維持するのも大変だ。けれど、八重は夫と暮らした屋敷をきちんと維持していた。台風で瓦《かわら》が飛んだり、壁が崩れ落ちたこともないと聞いている。

「静かだね」

氷川の目にはなんの異状も読み取れなかったが、桐嶋は立派な門を見た瞬間、忌々しげに舌打ちをした。

「ヤバいな。姐さん、カズが逃げださんように見張っといてぇな」

桐嶋は車を静かに停《と》めると、足音を立てないように風情のある庭をひとりで突き進む。辺りはしんと静まりかえって不気味なくらいだが、古い日本家屋の中では異変が起こっているのだろう。

「藤堂さん、この期に及んで桐嶋さんから逃げたりしないよね。桐嶋さんから逃げてもいいことはないよ。おとなしく待っていてね」

「姐さんこそ、どうするつもりですか。危険ですから元紀に任せましょう」

藤堂に止められたが、氷川は桐嶋を追って後部座席から飛びだした。

門からは見えなかったが、形のいい楓《かえで》の木々やつつじなどが植えられている庭の一角に、バイクが数台駐《と》まっている。卓や八重のバイクでないことは明白だ。よくよく見れば、派手な車種の赤い車もあった。氷川の記憶が正しければ、番所庭園《ばんどこていえん》で清和を狙った二人組の男が乗っていた車だ。これは単なる偶然なのか。あの時の二人組がいるのか。いったい何がどうなっているのか。

氷川は逸《はや》る心を抑えて広々とした庭を進み、ようやく玄関口に到着する。しかし、玄関のドアの鍵《かぎ》はかけられていた。

「突撃するか、忍び込むか」

桐嶋が縁側に回った時、閉じられた雨戸の向こう側から微かに物が壊される音が響いてきた。空耳ではない。

「突撃」

桐嶋は力任せに雨戸を開けると、拳《こぶし》で大きな窓ガラスを割った。そして、素早い動作で中に入った。

氷川も勢いよく続こうとすると、ふいに背後から藤堂の声が聞こえてきた。

「姐さん、ついていくならくれぐれも気をつけてください」

藤堂はまかり間違っても実戦派ではない。車の中で兵隊を待つタイプだ。氷川を案じて追ってきたのだろう。

「藤堂さんこそ危ないから車の中で待っていたら？」

氷川には藤堂より自分のほうが実戦派だという自負があった。

「ここで姐さんに怪我《けが》をさせるわけにはいきません」

「うん？　僕が怪我をしたら桐嶋さんが清和くんに睨《にら》まれるから？　藤堂さんは桐嶋さんのことしか考えていないね」

氷川には藤堂が自分の身を守る理由が手に取るようにわかる。桐嶋にとって藤堂がかけがえのない存在であるように、藤堂にとっても桐嶋はかけがえのない存在なのだ。

藤堂が苦笑を漏らした時、壊れた襖《ふすま》の向こう側から九谷《くたにやき》焼の花瓶が飛んできた。氷川の顔面に当たりそうになるのを、藤堂がすんでのところで阻《はば》む。

「姐さん、気をつけてください」

「うん、藤堂さんも気をつけて」

倒れた屏風《びょうぶ》を乗り越えると、眞鍋組の新年会が開けそうなぐらい広い和室が広がっていた。もっとも、繰り広げられているのは新年会ではなく大乱闘だ。

「……卓くん？」

掛け軸が飾られた床《とこ》の間《ま》の前では、卓が刃物を手にした男と揉《も》み合《あ》っている。続く縁側では、桐嶋が金髪頭に頭突きを食らわしていた。

愛里の従姉である萌香が、へたり込んでいる八重に近づく。その手にはジャックナイフが握られていた。

「おら、このババアがどうなってもええんか？」

萌香が八重の喉元《のどもと》にジャックナイフを突きつけるや否や、藤堂は青い畳に転がっていた香炉を投げた。

「……うっ」

萌香の顔面に香炉が当たった瞬間、すかさず、桐嶋が八重を救いだす。

「お姫様トリオはそっちや」

藤堂と氷川が足元のおぼつかない八重を守るように立ち、桐嶋と卓は凶器を手にした男たちと戦った。

「……な、何しちゃあんのよ。相手はたったふたりやんか。やってまぇ」

萌香に香炉のダメージは小さかったらしく、ヒステリックに叫んでいる。卓と桐嶋の素性を知らないらしい。

「こいつ、都会のチャラ男だと思ったんにやりやがる」

卓に向かって刃物を振り回していた男が崩れ落ちた。

気がつくと、桐嶋の周りには失神した男たちが山のように重なっている。残りはジャックナイフを手にした萌香だけだ。

「……まったく役に立たへん奴らや。もうええ。私はあんたらと組むわ。あんたらの目的はわかっとるんやで」

萌香はジャックナイフを遊ばせながら、卓と桐嶋に大股《おおまた》で近づいた。

「この婆さんの財産、私とあんたらで山分けしよか。私が七割、あんたら三割や。三割でもたいしたもんやで」

あんたらも財産狙いやろ、と萌香は最初から決めつけてかかっている。氷川以上に卓は憤慨した。

「ふざけるな」

卓は全精力を傾け、萌香に暴力を振るわないように我慢している。昔気質《むかしかたぎ》の極道の薫陶を受けている所以だ。

八重は礼儀正しく正座で黙って、卓と萌香のやりとりを聞いている。萌香が何をどのように叫んでも動じない。

「ほな、私が六割、あんたらが四割や。これでええな」

ナンショウワッハの鶴田《つるた》も七割から交渉を始めた、駆け引きの基準は七割からなのだろうか。氷川はしたたかな萌香に憤《いきどお》りしか感じない。

「萌香、いい加減にしろ。始末されないだけ感謝するんだな」

卓は端整な顔を憎々しげに歪《ゆが》め、威嚇するように壁を叩いた。頭脳派の彼にしては珍しい態度だ。

「卓、あんたは私を殺して婆さんの金を独り占めする気なんか？　そうはさせへんで？　婆さんの遺言書に卓の名前はあらへんで。婆さんが卓の名前を書いたけど握り潰しちゃうからなっ」

萌香が勝ち誇ったように叫ぶと、桐嶋はげんなりとした顔つきで口を挟んだ。

「卓ちんの血管が怒りのあまりブチ切れそうやから、さっさと顔を出してくれへんか？」

桐嶋の呼びかけに呼応するように、藤堂は閉じられていた襖を開けた。すると、顧問弁護士の有本が真っ青な顔で震えていた。

いつからそこにいたのか、最初からいたのか、氷川は有本の存在にまったく気づかなかった。八重も仰天したらしく、首を傾《かし》げている。キツネかタヌキが有本に化けたと思っているのかもしれない。

「有本先生、俺が今さら言う必要はないかと思いますが、一番被害が少ない幕引きを選んだほうがよろしい。有本先生ご自身のためにも」

藤堂はいつもの声音で有本に自供を促した。すべての罪は明白だ、と。こちらは萌香の甘言には乗らない、と。萌香と有本を許さない、と。

藤堂が言外に匂わせた意図は、きちんと有本に伝わっている。

「……も、もう終わりや……おしまいや……私が間違っとったんや……」

　有本が畳に手をついて泣き崩れると、萌香は顔を真っ赤にして怒り狂った。

「あんた、何言うてんのよ。どうせこの八重婆さんの財産は国に取られるんや。国に取られるんやったら、世話しちゃったあんたがもらってもええやんかっ」

　萌香には萌香の言い分があるが、身勝手極まりない。有本はとうとう観念した。

「……萌香、もうあかん……終わりや……八重さんにすまんことをした……」

　萌香はうなだれる有本の前で、歯痒《はがゆ》そうに畳を踏み鳴らした。

「有本センセイ、私と別れてもええんか？　私と八重婆さん、どっちを選ぶんや？　私と別れたくないんやろ？」

　萌香と八重、どちらを選ぶか、と萌香に迫られて、有本は八重の屋敷の階段や二階の窓に細工をしたのだろう。

　氷川は萌香に追い詰められた有本の気持ちが容易に想像できる。卓が険しい形相で萌香に近づくと、桐嶋が瞬時に制した。

「……萌香、勘弁してけぇ」

　有本は萌香に許しを請いながら、八重に向かって土下座で詫びた。

「有本先生、奥様のお母様が嘆いておったで。私は有本先生の浮気なんて嘘やと思っていたんやけど……」

八重は長年の信頼関係を壊した有本を一言も責めなかった。それどころか、慈愛に満ちた目で包み込むように見つめている。

「……八重さん、すまん、すまん」

「このおなごにだいぶ注ぎ込んだんやな？」

「八重さん、本当にすまんかった。どうかしていたんや。八重さんが無事でよかった」

有本は自分の取った行動を心の底から悔いているように見えた。だが、萌香に反省の色は微塵《みじん》もない。

氷川は有本と萌香を交互に眺め、大きな溜《た》め息《いき》をついた。

「ああ、卓ちゃんが助けてくれたんや。ホンマにええ子でな。前にも言うたけど、私はこの子に財産を残したいんや。その遺言書は書いたで？」

すでに八重は卓に財産を残す遺言書をしたため、有本に託していた。だからこそ、萌香が有本をいっそう激しく焚《た》きつけたのかもしれない。

「八重さんの遺言書を……八重さんの遺言書を萌香が……萌香に……」

有本の涙が畳に滴り落ちて、水溜まりを作った。

「そやろな、萌香さんが私の遺言書を書き替えさせたんやろな。まぁ、私がまた書き直すからええわ。有本先生、次こそ頑張ってえや」

八重は有本のうちひしがれた肩を鼓舞するように優しく叩いた。

「……八重さん？」

「今まで私は有本先生にずいぶんお世話になったんや。有本先生が萌香さんに注ぎ込んだお金、私が今までの感謝代金として差し上げます。せやから、そのお金を持って、奥様のところに戻ってぇや」

八重の申し出に驚嘆したのは氷川や卓、桐嶋だけではない。有本は驚愕《きょうがく》のあまり、上体を大きく揺らした。

「……え？　何を言うちゃうんや？」

有本は誰よりも法を守らねばならない立場でありながら法を犯した。その罪の重さは有本自身、熟知している。

「浮気なんてしてへん、金は博打《ばくち》に注ぎ込んでのうなったけどまた取り返した、って奥様に言って謝るんや……ああ、有本先生は真面目やから博打の言い訳ができへんな。株とか相場とかマンションとか別荘とか、いろいろとあるやろ？　そこのところは有本先生が上手く言うてぇや」

八重は外見だけでなく中身も観音菩薩《かんのんぼさつ》なのか。氷川は開いた口が塞《ふさ》がらない。有本もぶるぶる震えている。

「……八重さんにそんなことをしてもらうわけには……」

「有本先生だけやない。有本先生の奥様にもお世話になったんや。仲のええ夫婦に戻ってほしいんや。おなご遊びはもうええな?」

八重が諭すように言うと、有本は声を上げて泣きだした。

「萌香さん、有本先生に免じて萌香さんの罪にも目を瞑《つぶ》るわ。せやけど、二度と有本先生と会わんとってな」

八重はこれ以上ないというくらい優しく言ったが、萌香は鬼のような顔で畳に倒れていた男の背を踏んだ。

「偉そうに何を言うんや。ババア、お前はそんなに偉いんかっ」

萌香が激昂《げっこう》しても、八重は態度を変えなかった。

「萌香さんは今まで有本先生に金銭的な援助受けてきたんやろ。それでええやろ」

「こんなジジイとつき合っちゃったんに、あんなシケた金で満足せなあかんのか。愛里がジジイからもらった金に比べたらチビクソや」

有本が若い妻と再婚した丸不二川田院長に触発されたように、萌香も違った意味で愛里に触発されたらしい。歳の離れた男と交際するメリットに気づいたのだろう。けれど、有本から巻き上げた額では満足できなかったようだ。

「愛里さんと一緒にいる時の丸不二川田院長は幸せそうやった。あれは愛里さんが丸不二川田院長を幸せにした代金や」

八重は一度たりとも丸不二川田院長を詰《なじ》らなかった。若い妻に溺れる丸不二川田院長は

いのだ。

見苦しかったが、八重にとってはそうでもなかったらしい。

いや、ふたりが幸福だったからいいのだ。特に丸不二川田院長が幸せそうだったからい

氷川と清和にしても前代未聞の珍事なんてものではすまない夫婦である。何しろ、男同士だ。それでも、眞鍋組関係者は氷川を清和の姐として遇した。

清和が氷川と一緒にいると幸せそうだから。

僕と清和くんも丸不二川田院長と愛里さんと変わらないか、と氷川は愛里に鼻の下を伸ばしていた丸不二川田院長を思いだした。愛里は年老いた夫に夢を与えていた。ただ、最後まで夢を与え続けることはしなかっただけだ。

「私も有本センセイを楽しませてやったわ。別れたくない、捨てないでくれ、って泣いたんは有本センセイのほうやで」

案の定、萌香に縋りついたのは有本のようだ。もし、有本が萌香に対する未練を断ち切れていたなら、八重は狙われなかったかもしれない。

「せやから、もう充分やろ。これで幕引きや」

「これで引き下がると思っとんのか?」

「有本先生とご家族のため、萌香さんの将来のため、波風を立てずに終わらせましょう」

「なら、うちにもまとまった金を払ってえや」

萌香が不遜《ふそん》な態度で手を伸ばしたが、八重はにっこりと微笑んだ。

「申し訳ないけど、私は萌香さんの世話になった覚えはないんや」

八重は観音菩薩さながらの女性だが、きちんと相手を選んでいる。氷川が安堵《あんど》の息をついたのも束の間、萌香は畳に転がっていた景徳鎮《けいとくちん》の壺《つぼ》を思い切り蹴《け》り飛《と》ばした。

「世話しちゃったやろ。あんたに薬を飲ませちゃったやろがっ」

萌香のあまりの言い草に、氷川は医療従事者として怒りを爆発させた。

「萌香さん、君はそれでも看護師ですか。薬を飲ませるのは看護師として当然の仕事です。それさえも理解できないのなら、二度と看護師を名乗ってはいけない」

氷川が感心するほど、身を粉にして患者のために尽くす看護師は多い。萌香から資格を剝奪《はくだつ》したい気分だ。

「医者がそんなに偉いんかっ、偉そうな口を叩くなっ」

以前、仕事中、氷川が萌香を注意した時にも同じような悪態をつかれた。萌香には人としての大切なものが確実にない。

「ならば、萌香さん、あなたのどこがどう偉いのですか？　いったいどこが立派なのですか？」

「言わせておけば、偉そうにほざきやがってっ」

萌香が床の間に転がっていた大理石の置物を氷川に向かって投げようとした。その瞬間、卓が盾になるように氷川の前に立つ。

　すかさず、桐嶋が物凄いスピードで萌香の手から大理石の置物を取り上げた。

「萌香ちゃん、本当なら萌香ちゃんはサツに捕まるんやで。刑務所にブチこまれて、臭《くさ》いメシを食わなあかんのや。八重お婆ちゃんの恩情に感謝せなあかん」

　桐嶋は優しい声音を使い、萌香に悟らせようとした。

「私はなんも悪いことやってへん。有本センセイが勝手にやったんや」

「サツもアホちゃうから、すぐにバレんで。ちゃっちゃっと逃げや。ほんで二度とここに来たらあかん」

　桐嶋は諫《いさ》めるように言いながら、畳に転がっていた大男の肋骨《ろっこつ》を素手で折った。ボキボキボキッと不気味な音がする。

　桐嶋の暴力的な脅迫に氷川と八重は息を呑《の》んだが、萌香の不遜な態度はまったく変わらなかった。

「あんた、タダもんちゃうな？」

「俺？　俺も卓ちんも正義の味方や。こんな優しいお婆ちゃんを狙う奴は許せへん。優しゅう言うてる間にはよう出ていかんか」

　桐嶋は押し入れに頭を突っ込んでいる男の足の関節を外してから、血まみれになった男の左右の指の骨を一本ずつ折っていった。

氷川は桐嶋の暴力を止めようとしたが、藤堂に制されてしまう。ここで萌香を納得させないと、また八重が狙われるからだ。

「私、あんたの女になってあげてもええで」

萌香は次の一手とばかり、桐嶋を誘惑しようとした。

「生憎《あいにく》、俺には嫁さんがおるんや。浮気なんかしたら、大喜びで逃げてまう」

桐嶋は藤堂をチラリと見つつ、サバイバルナイフを持ったまま気絶している男の足を反対側に折り曲げた。

苦痛に呻く声が響き渡り、とうとう萌香は観念したようだ。

「私はなんのためにこんな田舎に来たんや。なんのためにこんなジジイとつきあっちゃったんや」

萌香は悔しそうに言うと、畳に転がっている男たちを見捨てて去っていった。氷川は呆《あっ》気《け》に取られたが、卓や桐嶋には想定内の態度らしい。

「お前ら、萌香とはどういう関係や？」

桐嶋が肋骨を折った男に尋ねると、縁側でひっくり返っていた男から返事があった。

「……お、俺たちは萌香から呼ばれただけや。ちょっと手伝ったら、小遣いをくれる、って……こんな話は聞いてへん」

「萌香からなんも聞いてへんのか？」

「なんも聞いてへん……ただ、呼びだされたんや……萌香はきぃきぃうるさいから……」

縁側でひっくり返っていた男は苦しそうに言ってから上体を起こした。隣には鼻の骨を折られた男がいる。

氷川は鼻の骨を折られた男に見覚えがあった。

「……あれ？　君、番所庭園で会ったよね？　番所庭園で清和くんにナイフで襲いかかった子だよね？」

氷川が血相を変えて近づくと、鼻の骨を折られた男は泣き叫んだ。

「……萌香に……萌香に三万で頼まれたんだよ。どこかでちょっと八重っていうババアに怪我をさせるだけでいいからって」

鼻の骨を折られた男の隣には、痙攣《けいれん》している若い男がいた。氷川の記憶が確かならば、番所庭園で清和にジャックナイフを振り回した男だ。

「君とこっちの君、番所庭園で清和くんを、狙った二人組……清和くんじゃなくて八重さんを狙っていたの？　三万円で？」

番所庭園に現れた若い男の二人組の狙いは清和ではなく八重だったのか。清和は自分がターゲットだと勘違いして、若い男の二人組と対峙《たいじ》したのか。

想定外の事実に氷川が声を失うと、桐嶋が呆れたように言い放った。

「おいおいおいおいおい、ほんで、お前らは八重お婆ちゃんじゃなくて色男とやりあったんやな？」

「俺は背の高い男とやりあうつもりなんかなかった。せやけど……」

あいつの迫力にビビってもうた、と鼻の骨を折られた男は独り言のように呟いた。どうも、清和の凄《すさ》まじい迫力に怯えるあまり、無意識のうちにジャックナイフを振り回してしまったらしい。場数を踏んでいない素人がしでかすミスだ。

「背の高い男が誰か知っとうのか？」

「知らん。むっちゃ強かった。あんな強い男が八重っていうババアについているなんて聞いてへん。今日もこんな用事で萌香に集められたなんて知らんかったんや」

「お前は萌香とどういう関係なんや？」

ほかの男とはちょっとちゃうな、と桐嶋は鼻の骨を折られた男の顎《あご》を摑んだ。桐嶋は八重の屋敷に乗り込んだ男たちの中で最も萌香に近いと感じたらしい。

「萌香は俺の元彼女……」

鼻の骨の折れた男の告白に、氷川は仰天して目を点にしたが、桐嶋は納得したようだ。

「元彼女？　……ほんで、萌香に未練があるんか？」

「萌香に未練があるわけちゃうけど、小遣いをくれるって言うから……小遣いくれなきゃ、萌香の呼びだしなんて無視すんで」

萌香も萌香だが、鼻の骨の折れた男も褒められた性格ではない。萌香に金をたかるような関係だったのだろうか。

いったいこの子たちはどうなっているんだ、と氷川の思考回路がおかしくなる。

しかし、桐嶋はもとより、卓や藤堂はそういう関係なのだと理解しているようだ。大都会の夜の街ではよく見かける男女の関係らしい。

「……ああ、お前も萌香に使われただけやな。今日のことは見逃してやるからおとなしく帰りや。二度とここに来たらあかんで。萌香の口車にも乗ったらあかん。あれは正真正銘のメギツネや」

桐嶋は萌香に利用された男たちを宥めつつ、それとなく脅してから帰らせた。彼らには何も知らされていないし、バックにはどこの組織もついていない。

有本は八重にずっと頭を下げ続けている。卓は本当の孫のように八重に寄り添っていた。

「有本先生、季節外れの台風におうたんや。台風が来ただけなんや。なんもなかったんや。萌香さんのことは忘れような」

八重の懐《ふところ》の深さに、誰もが感服したのは言うまでもない。

萌香一派襲撃の痕跡《こんせき》を消すため、卓は桐嶋の手を借りて屋敷中を駆けずり回った。氷川と藤堂も、萌香に盗まれそうになっていた骨董品《こっとうひん》を八重の指示に従って元の場所に戻す。

「桐嶋組……じゃない、桐嶋さん、助かりました。ご助勢、ありがとうございました」

卓は真剣な顔で桐嶋に礼を言う。

「うんにゃ、卓ちん、ようひとりで頑張ったな」

「俺、愛里や萌香の行方を捜すように頼んでいたんですよ。でも、サメさんは忙しいからって捜してくれなかったんです」

卓は早くから愛里や萌香に注意し、サメに調査を依頼していたそうだ。根本的に眞鍋組にはメリットのない調査である。多忙を極めている諜報部隊に、そんな調査に時間を割く余裕はない。

「サメちんも大変なんや。どこでも人手不足に資金不足やからな」

卓と桐嶋の話に聞き耳を立てつつ、氷川は八重の話を聞いた。同時に二ヵ所の話を聞く能力は、医師不足の丸不二川田病院で培ったものだ。なんでも、毎晩、八重と卓は同じ部屋で布団を並べて寝ているという。

卓は萌香たちの侵入を察知すると、八重を起こして、奥の納戸に避難させた。その矢先、凶器を手にした男たちが屋敷内に現れ、卓はひとりで戦ったのだ。

『ババア、こんなとこにおったんかい』

萌香に居場所を突き止められ、八重は卓が侵入者たちと戦っている和室に引きずりだされたという。

『そこのガキ、卓やったな？　卓、このババアがどうなってもええんか？』

八重を人質に取られたら、卓は手も足も出ない。だが、口で対抗しようとした。

『……萌香さん、でしたね？　愛里さんと共闘しているんですか？』

萌香は従妹《いとこ》の名を聞いた途端、馬鹿《ばか》にしたようにせせら笑った。

『愛里？　あんなアホと手を組んでもあかん。せっかくジジイと結婚したんやから、生命保険をがっぽり狙ったらよかったんに』

『萌香さんが手を組んだのは有本先生ですか？　ここにはいないようですが？』

『五分後に来る予定になっとんのや。卓、あんたが財産目当てに八重ババアを殺した事件の証人としてな』

卓が八重を殺し、たまたま訪問した有本がばったり出くわす、というシナリオを萌香は書いたらしい。

『穴だらけのシナリオだな』

卓がさりげなく距離を詰めると、萌香は八重の喉元をジャックナイフで切り裂こうとした。

『卓、あんたが悪いんやーっ』

その瞬間、桐嶋が物凄い勢いで飛び込んできたのだ。卓は萌香に飛びかかり、八重を救いだした。

そこまで八重はつらつらと語ると、大きな溜め息をついた。

「氷川先生、長生きするといろいろとあるんやなぁ」

「僕は度量の大きい八重さんを尊敬します……あ、これ、お返しするのを忘れていました」

氷川は小切手を返そうとしたが、八重は受け取ろうとはしなかった。

「それは丸不二川田病院に寄付するんや」

八重は自分の最期を見据え、冷静に旅支度をしている。大きな病気はしたことがないし、持病もないが、足腰は弱くなっているという。

「なら、八重さんの手から渡してください」

「孝義先生のことやから、私の手からは受け取ってくれへん。有本先生に頼むわ」

八重はとことん有本を信じ抜くつもりだ。萌香の存在がチラリと脳裏を掠めたが、氷川は異議を唱えなかった。

「そうですね」

「有本先生、本当にようしてくれたんよ。ええ先生やったんや」

有本を称える八重に淀《よど》みはいっさいない。ここで氷川が肯定しなければ、今までの有本の働きぶりを語られそうだ。

「孝義先生やほかのスタッフからもそう聞いています」

わかっています、とばかりに氷川は大きく何度も頷いた。

「男は若いおなごに弱いからね」

「病気みたいなものですね」

丸不二川田院長にしろ、有本にしろ、熱病にかかったようなものだ。昨夜、藤堂に迫った五十嵐にしてもそうだったが。

よくよく考えてみれば、清和に対する自分もそうだ。氷川は愛しい男のことになると自分で自分が抑えられない。

「ええ、そやね、病気やね。でも、その病気にかかると男は幸せそうなんや。有本先生が萌香さんと難波《なんば》で隠れて会うている時、有本先生はずっとええ顔をしてたんや。誰にきついことを言われても、しんどいことがあっても、気にせんでおれたみたいや」

八重の言葉は氷川の心にしんみりと染《し》みたし、傍らにいる藤堂にしても感慨深そうに口元を緩める。

卓が心の底から八重を慕う理由が痛いぐらいわかった。

氷川には内科医としての仕事があるから、いつまでものんびりしていられない。八重の心のこもった朝食を食べた後、丸不二川田病院に向かった。

桐嶋と藤堂も氷川と一緒に八重の屋敷を出立し、その足で東京に戻るという。桐嶋組の組長がいつまでもこんなところで遊んでいるわけにはいかないのだ。桐嶋はいそいそと八重が漬けた梅干しやたくあんを車に積んだ。

「姐さん、五十嵐とかいうガキのことは頼みまっせ。東京まで追いかけてきぃひんようにしてな」

桐嶋の別れ際のセリフに、氷川は手を振って応えた。そして、改めて藤堂の魔性の男っぷりを思い知った。

五十嵐は今にも藤堂を追いかけていきそうな雰囲気だ。

「五十嵐先生、藤堂さ……和真《かずま》くんのことは諦めてください」

氷川は宥めるように五十嵐の背中を優しく叩いた。天と地がひっくり返っても、五十嵐の恋は実らない。

「氷川先生、諦められない。藤堂和真さんは理想の人なんです。どうすれば諦められるんですか？」

「前の彼氏はどうしました？　別れたくない、ってさんざん縋っていたのは誰ですか？」

東京に残した恋人から一方的な別れを告げられ、五十嵐は落ち込んでいた。けれど、恋人も五十嵐に未練があるようだ。五十嵐は必死になって恋人を繋ぎとめようとしていた。つい先日、氷川は五十嵐にエールを送っている。

「藤堂さんのためならすべて捨ててもいい」

藤堂ひとりを求める五十嵐には、丸不二川田院長や有本とはまた違った危うさが満《み》ち溢《あふ》れていた。

「待ちなさい。君がすべて捨てても和真くんは君のものにはならない」

「どうやったら藤堂さんは僕のものになりますか？」

五十嵐の目は血走り、固く握った拳がぶるぶると震えている。はっきり言って、今朝、八重の家に乗り込んだ男たちより恐ろしい。

「何をしても君のものにはならない」

「諦められない。どうやって藤堂さんを諦めればいいんですか？」

清和を忘れようとしても忘れられなかったという京子の苦悩が、氷川の脳裏にまざまざと甦《よみがえ》った。

「この世には諦めなきゃいけないことがたくさんあるんです」

僕は清和くんを諦めない。清和くんだけは絶対に諦められない。もっとも、清和がいれば多くは望まないが。

「藤堂さんが好きだ、好きすぎて気が狂いそうだ……諦められない……」

　藤堂を想う五十嵐には悲愴感《ひそうかん》さえ漂っている。

「諦めましょう」

　バンッ、と氷川は五十嵐の肩を勢いよく叩いた。

「藤堂さんのパートナーが桐嶋さん、っていうのは嘘ですよね。あんな嘘で諦められるわけがないでしょう」

「和真くんのパートナーは元紀くんです。それは昔から変わらない事実です」

　藤堂の人生を考えるに、桐嶋はそばにいたほうがいい。何より、桐嶋ならば必ず藤堂を守り抜く。

「桐嶋さんはゲイじゃない。典型的な女好きでしょう。女好きのパートナーなんて藤堂さんが不幸になるだけだ。僕のほうが幸せにできるのに……藤堂さん……藤堂さんは東京のどこで暮らしているんですか？」

「追いかけてはいけません。あれはキツネが化けた男です。五十嵐先生はキツネに騙されているんです」

　氷川はキツネ説に頼ったが通じるわけがなく、五十嵐に恨みがましい目で見つめられた。

「氷川先生、僕をキツネ説やタヌキ説で誤魔化せると思っているんですか。僕は本気です。この恋に命をかけます。これは命をかけるべき恋なんです。僕は命をかけてもいいと思える相手に初めて巡り合えたんです」

藤堂を想って咽《むせ》び泣《な》く五十嵐に、氷川は困り果てたが、どうすることもできない。ただただ五十嵐が藤堂を追わないように諌めるだけだ。

五十嵐先生をこんなに狂わせるなんて藤堂さんほど罪作りな男はいないよ、と氷川は心の中で藤堂に文句を連ねた。

8

桐嶋《きりしま》と藤堂《とうどう》が去ってから、何事もなく十日が過ぎた。危惧《きぐ》していたことは何ひとつ起こらなかった。

八重《やえ》が望んだ通り、有本《ありもと》は妻に詫《わ》びを入れて元の鞘《さや》に収まったし、萌香《もえか》の噂《うわさ》はどこにも流れてはいない。ワインバーでの騒動の一件以来、ナンショウワッハや西坂《にしざか》ローン関係者が現れることもなかった。

清和《せいわ》が裏から手を回して長江《ながえ》組を押さえ込んでくれたし、有本が頑張ったので警察も本気で動いたという。長江組の怒りを恐れたのか、鶴田《つるた》はナンショウワッハをたたみ、どこかに雲隠れしたそうだ。

萌香も大阪へ行ったまま、和歌山に戻ってくる気配はない。五十嵐《いがらし》のことで桐嶋に連絡を入れた時、キャバクラで働きだした萌香の近況を知った。勤務先が医療機関でないことに、氷川はほっと胸を撫《な》で下《お》ろす。

まるで何事もなかったかのように、温かな情が流れる平和な地に戻った。

もっとも、氷川の心には新たな嵐《あらし》が吹き荒れていた。ほかでもない、桐嶋が漏らした清和の女の名前だ。

一段落した後、氷川は清和の携帯電話を鳴らした。何をしていたのか不明だが、清和はワンコールで対応してくれた。

「清和くん、涼子《りょうこ》ちゃんと花音《かのん》ちゃんって誰？」

氷川の第一声に対し、清和の息を呑《の》む気配が携帯電話越しに伝わってきた。

「清和くん、志乃《しの》ママは……志乃ママは清和くんの大切な女性だからね。男にとって初めての女性は忘れられないっていうものね。志乃ママにはお金を出してクラブまで出させているものね。志乃ママのことは大目に見なきゃ駄目なのかな……うん、志乃ママは仕方がないかな……」

氷川がつらつらと独り言のように呟《つぶや》くと、清和は低い声でボソリと言った。

『妬《や》くようなことはしていない』

「僕は妬いてはいません。勘違いしないで。妬いてなんかいないよ。こんな遠く離れているし、清和くんはまだまだ若いし、たくさんのお花に囲まれても当然だよ……ただ、ちょっと気になったんだ」

氷川の嫉妬《しっと》のボルテージがいやが上にも上がった。ここでは氷川を宥《なだ》める者はひとりもいない。

『………』

「それで、涼子ちゃんと花音ちゃんって誰？」

桐嶋の口から漏れた女性の名前に、氷川の神経はささくれだったままだ。棘《とげ》のように胸に突き刺さっている。

『……………』

清和がどんな顔をしているのか、この目で見られないのがもどかしい。

「眞鍋《まなべ》のシマでは清和くんを巡る女の戦いが熱いとか？　武闘派ヤクザより清和くんを狙《ねら》う女の子のほうがずっと怖いとか？」

『……………』

「清和くん、何か言いなさい」

氷川が感情を爆発させると、清和の地を這《は》うような低い声が聞こえてきた。

『戻れ』

清和の気持ちはその一言に集約されているようだ。携帯電話から清和の凄絶《せいぜつ》な鬱憤《うっぷん》が伝わってくる。

「……ん、丸不二川田《まるふじかわだ》院長が退院するまで待って」

氷川は今までに何度も口にしたセリフを感情たっぷりに言った。

『戻ってこい』

「そろそろ丸不二川田院長は退院するから。予定より、退院が早まったんだ。リハビリを頑張ったみたい」

『………』

「清和くん、僕が帰るまでに女の子の戦争を終わらせておいてね」

清和争奪戦を鎮《しず》められるのは、当事者である清和しかいない。氷川は頬《ほお》をヒクヒクさせたが、清和から言葉は返ってこなかった。

「僕が東京へ戻っても、女の子が清和くんの取り合いをしているのかな？　まさか、ふたりで住んでいた部屋に女の子が押しかけてきた？　涼子ちゃんや花音ちゃんが居座っているの？　僕の荷物が捨てられたとか？　僕と清和くんが寝ていたベッドも捨てられたとか？　新しいベッドで涼子ちゃんや花音ちゃんが寝ているの？」

そんなことはないよね、と氷川は心の中で続けたが、携帯電話の向こう側から期待していた返答はなかった。

『確かめに帰ればいい』

尊大な声だけ聞いていると、いやでも不安が高まる。愛《いと》しい男はどんな表情で言ったのだろう。

「……ちょっ、ちょっと……」

氷川は慌てふためいたが、清和の声は素っ気ない。

『俺の女房なら早く帰ってこい』

「……ま、ま、待ってよ」

『俺の忍耐を試すな』

清和が叩《たた》きつけるように言った後、祐《たすく》の揶揄《やゆ》するような声が聞こえてきた。

『姐《あね》さん、涼子さんも花音さんも素敵《すてき》な女性なので俺らも困っています。涼子さんや花音さんなら、二代目の気持ちを第一に考え、誰かさんのように決して二代目から離れたりしませんから……姐さんの家出なんて眞鍋のメンツは丸潰《まるつぶ》れです。新しい二代目姐は眞鍋のメンツを潰さない姐さんがいい』

祐の辛辣《しんらつ》な嫌みに、氷川の頬は激しく引《ひ》き攣《つ》る。新しい二代目姐、という部分のイントネーションが棘だらけだ。

「……祐くん、本気？」

眞鍋組で最も汚いシナリオを書く策士の本心はわからない。ただ祐が本気で氷川排除を画策したら、清和でも阻《はば》めないかもしれない。

『眞鍋の二代目組長姐の後釜《あとがま》を狙う女性が多すぎて数えられません。誰に決めるか悩むところです』

祐相手に話しても時間の無駄だ。いや、氷川の神経がギスギスするだけだ。愛しい男に直《じか》に確かめる。

「……清和くんに替わってほしい」

替わって、と呪詛《じゅそ》じみた声で迫ったが、祐は完全に無視した。

『まさか、二代目組長が姐さんに捨てられるとは思ってもみませんでした。やはり、同性で十歳も年上の姐さんは無理だったのでしょうか。次こそ、失敗しない姐選びをさせたいと思っています』

二代目を捨てたのは誰だ、と祐は言外に匂《にお》わせている。

「清和くんは僕と別れたりしない」

氷川が複雑な心情を抑え込み、掠《かす》れた声で言い放った。清和が自分以外の誰かを選んだりはしない、と。

『たいした自信ですね。そんなに二代目に愛されている自信がありますか？』

「うん」

僕が誰より清和くんを愛しているから、と氷川は眼裏に浮かんだ清和に語りかけた。

『愛と肉体はべつものです。肉体に引《ひ》き摺《ず》られる愛もある。姐さん、若い二代目の下半身事情をどうお考えですか？』

若い清和の性欲を考えたら、氷川は平静ではいられない。

「……う」

『二代目の下半身管理をほかの女にさせたくないのならば、即刻、戻ってください。丸不二川田病院の姐さん包囲網は解けていません。そのままいたら本当に東京に戻れなくなりますよ』

祐に指摘されるまでもなく、氷川の花嫁候補は入れ代わり立ち代わり現れる。毎日、スタッフのみならず患者たちにも頼み込まれていた。嫁をもらってここにいついてくれ、と。

「大丈夫、丸不二川田院長が退院したら戻れるから」

『孝義《たかよし》先生がツテを使って、清水谷《しみずたに》の医局に働きかけています。明和《めいわ》病院には清水谷の医局からすでに優秀な内科医が派遣されています。氷川先生の代わりは評判がいいようですよ。甘い考えは捨ててください』

氷川クラスの内科医など、清水谷学園大学の医局には掃いて捨てるほど転がっている。明和病院にしても氷川に拘《こだわ》る必要はない。

「……なんとかなる……なんとかするから……」

指導教授の口ぶりから、明和病院に自分の居場所がないことは薄々気づいていた。それはもう医局員としての宿命だ。

『氷川先生がなんとかしてどうにかなるようでしたら、今現在、氷川先生はキツネとタヌキが君臨する僻地《へきち》にいなかったはず。繰り返しますが、甘い考えは捨ててください。キツネとタヌキに頭を弄《いじ》くられましたか？　甘すぎる。すべてにおいて甘すぎる』

以後、祐の辛辣な嫌みと小言が続いたが、氷川が折れることはなかった。清和は命より大切だが、氷川には医師としての信条や使命感がある。

清和ならば待っていてくれる、と信じるしかない。好きになった丸不二川田病院から逃げるように去りたくないのだ。丸不二川田院長や孝義は言わずもがな、スタッフや患者たち、それぞれに納得してもらってから去りたい。

「僕はここの人がすごく好きなんだ……そんな不義理なことはできない。僕なりの義理を果たしてから戻る……清和くん、お願いだから待っていて」

氷川は切実な想《おも》いが届くように、携帯電話に額を擦りつけた。

昨夜《ゆうべ》の祐の言葉は未《いま》だに胸に突き刺さっているが、氷川は医師として丸不二川田病院を駆け回った。いつものように丸不二川田病院は患者でいっぱいだが、都会にはない優しい空気が流れている。

「氷川先生、氷川先生、こっちに来て座りなぁよう」

氷川も患者たちと一緒に日向ぼっこをするのが好きだ。もっとも、単なる日向ぼっこではない。日向ぼっこをしつつ、患者の容態を診《み》るのだ。

「氷川先生、わしゃ、薬やら注射やらで痛いめぇまでして生きとうないんやしよ。ピンピンコロリ、で死にたいんや」

「わしもそうや。饅頭《まんじゅう》を食うた後、コロリと死にたいんや」

患者が望む死に方は、幸せでいて楽な最期《さいご》だ。

「氷川先生、食うてけぇ。わしゃ、最後のおやつを薄皮饅頭にするか大福にするか、悩んどんのや」

氷川が患者から薄皮饅頭と大福をもらった時、丸不二川田病院を揺らすかのような卓《すぐる》の叫び声が響き渡った。

「八重《やえ》お婆ちゃんを助けてくれーっ」

卓が半狂乱になり、孝義に摑《つか》みかかっている。傍《かたわ》らにはストレッチャーに乗せられた八重がいた。

ベテラン看護師と目が合った途端、氷川は瞬時に悟る。とうとう八重は夫や息子のもとへ旅立ったのだ。

「卓ちゃん、落ち着いてな」

孝義は赤い目で卓を力いっぱい抱き締めた。

「頼む、頼むから助けてくれ。豆大福を食べた後、おとなしいと思ったら息をしていなかった」

八重は大好物を食べた後、眠るようにひっそりと息を引き取ったのだ。病気らしい病気もせず、手足が不自由になることもなく最期を迎えられたのだから、死に方としては悪くはない。病苦にのた打ち回る患者を知っているだけに、氷川は八重の死を心安らかに受け入れられた。楽に逝けましたね、と。

「卓ちゃん、大往生や」

八重が楽な最期を迎えたことに、孝義は安堵《あんど》している。生前、八重は延命治療をしないように孝義に頼んでいたそうだ。

氷川も初めて八重を診察した時、延命治療拒否について聞いていた。たとえ心肺停止状態になっても、心臓マッサージは無用だと、氷川はカルテに記入している。

「大往生なんかじゃない。俺は八重お婆ちゃんをスカイツリーに連れていってない。水陸両用車にも飛行機にも乗せていない。助けてやってくれっ」

「卓ちゃん、ええ子やな。ええ子や。卓ちゃんがおる時に八重さんは旅立てて幸せやったなぁ。幸薄い女性やと思うてたけど、幸せな最期を迎えられたんや」

氷川も孝義と同じ意見だが、卓は八重の死を受け入れられなかった。

「八重お婆ちゃん、俺をおいていくなーっ。俺が東京で面倒を見てやるって言っただろう。ふたりで暮らす家だって探していたのに……ショウや吾郎《ごろう》や信司《しんじ》だって楽しみにしてたのに……清和さんだって……ど、どうして俺を……どうして俺を残して……」

氷川は包み込むように卓をぎゅっと抱き締めた。卓の気持ちもわかるが、八重を安らかに送ってやりたい。

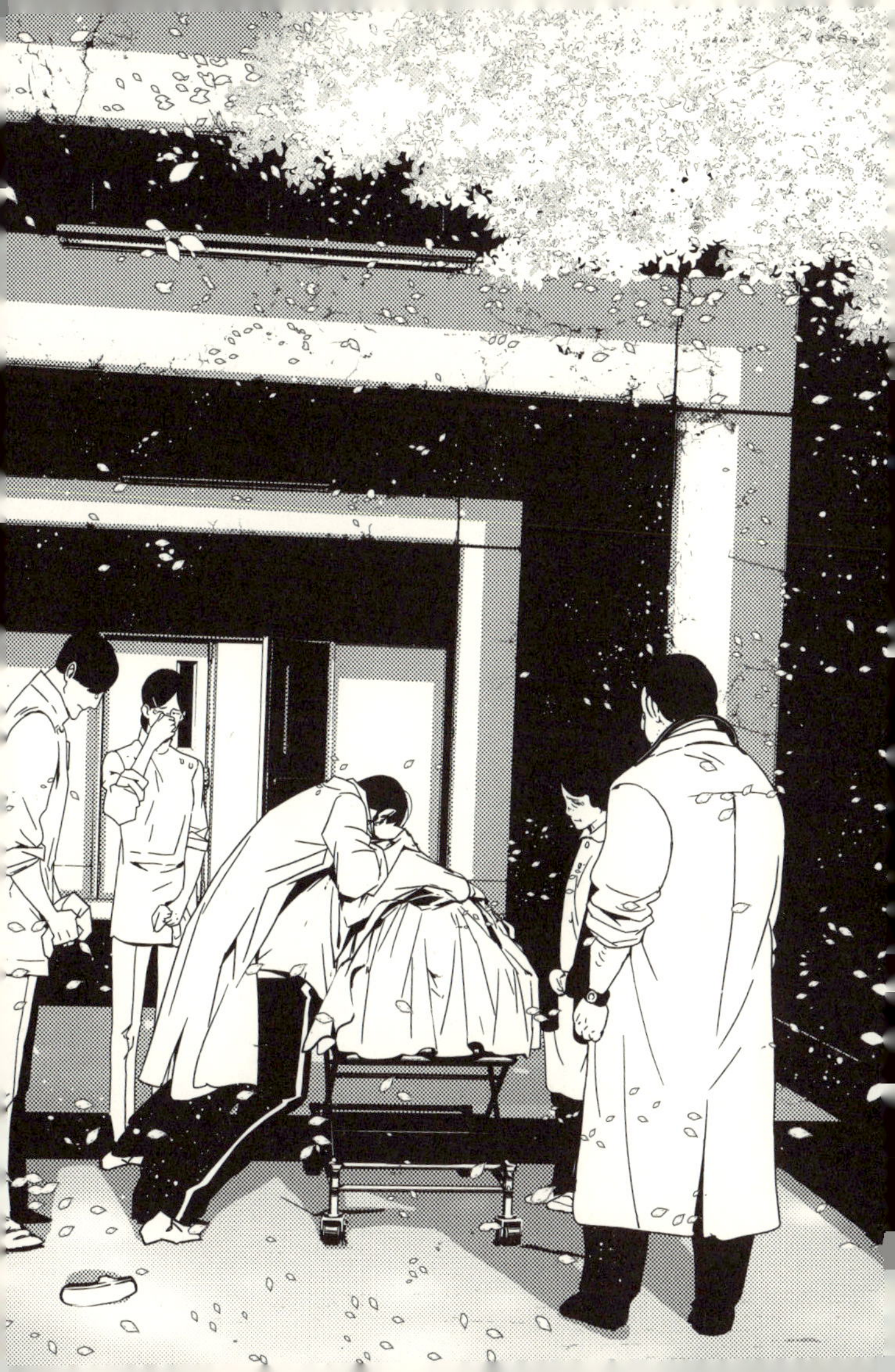

「卓くん、あまり泣いたら八重さんが心配するよ」

「八重お婆ちゃん、心配して戻ってきてくれたらいい。幽霊でいい……池の幽霊みたいに池から出てくれればいい……」

卓の悲しみが迸《ほとばし》る言葉に、氷川は胸が締めつけられる。

「卓くん、八重さんはやっと旦那《だんな》さんやお子さんに会えるんだ。邪魔しちゃ駄目だよ」

萌香が得体の知れない男を連れて乗り込んできても、刃物を突きつけられても、八重は狼狽《ろうばい》したりはしなかった。いくつもの修羅場《しゅらば》を経験しているからこその強さだ。卓が怪我《けが》をしなかったか、それだけをひどく心配していた。

「……まだ……まだ……もうちょっと……もう少し……」

今回、卓は氷川に東京へ戻るように一度も促さなかった。すなわち、八重の存在があったからこそだ。

「卓くん、そんなに泣かないで……ううん、今日ぐらいはいいかな。一緒に八重さんを思って泣こう。今日一日ぐらい、泣き続けても八重さんは許してくれるよ」

氷川の綺麗《きれい》な目から大粒の涙が溢《あふ》れると、卓の嗚咽《おえつ》はますます激しくなった。傍らにいた孝義やスタッフもすすり泣く。

ただ、老いた患者たちはどこか晴れやかな顔をしていた。

「八重ちゃん、羨《うらや》ましい最期やなぁ」

「わしも八重ちゃんみたいな最期がええわ……けど、わしは八重ちゃんみたいに優しゅうないからあかんかなぁ」

「わしは八重ちゃんが悪口言うてんのを聞いたことがない。ええとこのお姫さんやったのに腰が低くてなぁ……」

その日、丸不二川田病院では八重の思い出が語られ続けた。そして、誰もが卓の手を取って礼を言った。


八重の初七日を終えた日、予定よりだいぶ早く、丸不二川田院長が退院した。車椅子《くるまいす》から立ち上がり、杖《つえ》を突いてゆっくりと歩いてくる。痛々しい姿だが、杖で歩いているのには感心した。

「氷川先生、すまんかった」

丸不二川田院長に真摯《しんし》な目で詫びられ、氷川は大きく頷《うなず》いた。

まったくもって、丸不二川田院長に対する文句は山のようにある。しかし、あえてこの場で文句を口にしない。

「丸不二川田院長、リハビリの効果があったようですね。これからもリハビリに励み、地域医療に貢献してください」

たとえ執刀できなくても、名医としての丸不二川田院長の知識は貴重なものだ。氷川が凛《りん》とした態度で言うと、丸不二川田院長は照れくさそうにはにかんだ。隣には丸不二川田院長を支えた律子《りつこ》がいる。彼女がいたから、丸不二川田院長は杖で歩けるようになったのだろう。

律子に深々と頭を下げられ、氷川も礼儀正しく腰を折った。清和の義母である典子《のりこ》にどこか雰囲気が似ている女性だ。

「孝義、おおきに」

丸不二川田院長は跡取り息子である孝義にも掠れた声で礼を言った。丸不二川田院長の性格からして、息子に謝罪ができないのは仕方がないのかもしれない。

「オヤジ、リハビリに励めよ」

孝義は苦笑いを浮かべ、丸不二川田院長を受け入れる。母親が許したら、孝義が許さないわけにはいかないのだ。亡《な》き八重は折に触れ、丸不二川田院長を許すよう孝義に諭していたらしい。

「ああ」

どこからともなく、拍手が湧《わ》き上《あ》がる。

孝義や丸不二川田病院のスタッフに温かく迎えられ、丸不二川田院長は照れくさそうに微笑《ほほえ》んだ。氷川の指導教授が尊敬していた丸不二川田院長の姿そのものだ。愛里《あいり》が隣にいた時とは雰囲気がまるで違う。だが、丸不二川田院長が不幸せだとは思わなかった。これもひとつの最高に幸せな形だ。

「そこで、オヤジ相談なんや」

すでに父と子のわだかまりは消えたのか、思案に暮れていたからか、孝義は神妙な面持ちで丸不二川田院長に相談を持ちかけた。

「どないしたんや？」

丸不二川田院長が嬉《うれ》しそうに聞くと、孝義は背後にいる有本を指しながら言った。

「八重さんの遺産のことや。丸不二川田病院にようけ残してくれたんや。八重さんの家も別宅も丸不二川田病院に寄付してくれるって遺言書にあったんや」

氷川は八重の遺言に驚かなかったが、孝義は腰を抜かさんばかりに仰天した。有本がどんなに勧めても、孝義は八重からの寄付を受け取ることを躊躇《ちゅうちょ》している。

「八重さんの真心、断ったらあかん」

丸不二川田院長が感慨深そうに言うと、律子も同意するように頷いた。ふたりとも孝義より八重を知っている。

「もらってええんか？」

孝義が弱々しい声で確かめるように聞くと、丸不二川田院長は田舎で奮闘してきた医師として言い切った。

「八重さんの真心は地域の医療のために使おら」

丸不二川田病院は老朽化が著《いちじる》しく、八重の寄付は天からの恵みだ。氷川にしても古い医療機器を新しい医療機器に替えたくてたまらない。受付や診療科の前に並べている患者用の長椅子さえ危なくなっている。昨夜、病棟の二階の男子トイレのドアを入院中の患者が叩き壊したばかりだ。

「……わかった。じゃあ、ついでに卓ちゃんも説得してや。八重さんの遺産の相続人は卓ちゃんなんや」

孝義が氷川の背後に佇《たたず》む卓を見た。

「卓ちゃん？　……ああ、氷川先生が連れてきてくれた子やな？　律子からも聞いたが、八重さんによくしてくれたんやってなぁ。八重さんがごっつう喜んどったって聞いたで」

おおきに、八重さんに優しくしてくれておおきに、八重さんは卓ちゃんのおかげで幸せに逝けたんや、と丸不二川田院長は卓にありったけの感謝を捧《ささ》げた。

「……いえ」

卓は伏し目がちに首を振ったが、丸不二川田院長は杖を支えに身を乗りだした。

「卓ちゃん、八重さんの真心を拒んだらあかん」

「俺にもらう権利はない」

卓が八重の財産を狙っていなかったことは誰もが知っている。また、誰もが卓に感謝していた。

「八重さんの気持ちを踏みにじるんか？」

「そんなんじゃない」

卓が憮然《ぶぜん》とした面持ちで言うと、それまで無言だった律子が初めて口を開いた。

「卓ちゃん、書道家の卵なんやろ？　卓ちゃんは立派な書道家になるって、八重さんは期待しとったで。八重さんの期待を裏切ったらあかんで」

八重は電話でいろいろと卓について律子に伝えていたらしい。

「書道の道は長いんです。まだまだ若いので焦りません」

卓はもっともらしい言い訳を口にしたが、律子は呆《あき》れ顔《がお》で手を振った。

「バイトしながらじゃ、いつまで経っても一人前になられへん。八重さんの真心をもらっちゃってよ。卓ちゃんがもらっちゃらへんかったら、八重さんは草葉の陰で泣いちゃうで。卓ちゃんは八重さんを泣かして平気なんか？」

律子が畳みかけるように言うと、卓は視線を染《し》みだらけの壁に向けた。

「……そういうわけじゃ」

「卓ちゃんがもらっちゃらへんかったら八重さんの真心は国のもんになるんや。八重さんは国より、息子か孫みたいに思っとった卓ちゃんにもらってほしいんや。八重さんの気持ちをわかっちゃってや。卓ちゃんも男ならもうごねたらあかん」

律子の言葉にはいちいち説得力があり、氷川は卓の背中を思い切り叩いた。

「卓くん、八重さんのためにも立派な書道家になろうね」

氷川はにっこりと微笑んだが、卓の端整な顔は引き攣った。それでも、よってたかって説得され、卓は八重が残してくれた財産を相続した。

卓の相続に文句をつける輩《やから》はひとりもいないし、八重の親戚を騙《かた》る人物も現れない。

氷川が知る限り、こういった相続は初めてだった。

現代の日本人が忘れた情が流れている土地ならではの出来事だろう。いや、骨肉の争いがあちこちで勃発《ぼっぱつ》している現代においては奇跡に近いかもしれない。

9

丸不二川田院長《まるふじかわだ》が退院したのだから、氷川《ひかわ》が丸不二川田病院にいる義理はない。指導教授の承諾も得て、氷川は孝義《たかよし》や丸不二川田院長と交渉した。予想以上の引き留めに遭い、氷川は身の危険を感じるほどだった。

けれども、氷川は断固として意思を曲げなかった。

指導教授から丸不二川田院長に一言入れてもらって、ようやく氷川は丸不二川田病院を去ることに決まった。

急遽《きゅうきょ》、盛大な送別会が開かれ、氷川は十三人もの花嫁候補に囲まれた。卓《すぐる》も花嫁候補に囲まれている。

「……俺、八重《やえ》お婆ちゃんがいなくなったここにいるのが辛《つら》いんです。八重お婆ちゃんが生きていたら、八重お婆ちゃんのそばで嫁をもらうことも考えたかもしれないけど……八重お婆ちゃんはもういないし……」

卓がグラスを手に涙ぐむと、可憐《かれん》な花嫁候補たちの目も潤んだ。孝義夫妻も卓には強く結婚を勧められないらしい。

何しろ、卓は毎日、八重の墓に通い、一日の大半の時間をそこで過ごしているのだ。菩《ぼ》提寺《だいじ》の住職が、八重の墓の前で泣いている卓をひどく心配していた。卓ちゃんは東京に戻ったほうがええんちゃうか、と。

五十嵐《いがらし》にもお約束のように綺麗《きれい》な花嫁候補が張りついている。しかし、五十嵐は梅酒が注がれたグラスを手に堂々とカミングアウトした。

「僕はゲイです。女性は駄目です」

「またまた、五十嵐先生はそんな冗談ばっかり」

「本当なんだ。ほら、氷川先生の親戚《しんせき》の藤堂和真《とうどうかずま》さんに恋をしている最中だ。僕は藤堂さんを追いかける。諦《あきら》められない」

五十嵐が真剣な顔で真実を吐露しても、誰ひとりとして本気にしなかった。おそらく、氷川が清和《せいわ》の存在を明かしても、誰も信じてはくれないだろう。卓が自分はヤクザだと叫んでも、大笑いされて相手にされないはずだ。

「氷川先生、正直に言ってぇや。どんな女性が好みなんや?」

役所の関係者に食い入るように見つめられ、氷川は満面の笑みを浮かべた。

「僕も五十嵐先生と同じです。ゲイですよ」

氷川は昔から女性に興味が持てなかったが、こういった場では冗談でも口にしたことがない。

「そんな嘘《うそ》に騙《だま》されるわけないやろ。可愛《かわい》いタイプが好きなんか?」

「背が高くて逞《たくま》しい男が好きです」

嘘はついていない。清和は身長が高く、どこもかしこも硬い筋肉に覆われている。

「氷川先生、いじめんとってや」

「いじめていません。事実です。僕の好みは背が高くて逞しくて顔立ちがきつくて迫力のある男です」

「東京へ帰したくないんや。わかってけぇ」

「東京では大事な人が待ってくれているんです。僕はここが大好きになりましたが、大事な人が東京にいるからここには残れません」

氷川は純朴な人たちに嘘をつきたくなかった。いくつかの要点は明かさず、けれど事実を切々と述べる。

「大事な人……東京におなごがおるんやな？　東京のおなごにこっちへ来てもらえへんのか？」

「無理です。東京で仕事をしていますから」

清和が眞鍋《まなべ》組のシマを捨てて、この地に定住することはないだろう。ただ、この地の人ならば、最初は清和の容姿に怯《おび》えてもすぐに優しく受け入れてくれそうな気がする。清和は一般人として平和な日々を送ることができるに違いない。

「そんなん、こっちに来てくれたら仕事は紹介すんで。おらが娘として世話しちゃうで。

四十歳以下のおなごやろ？　四十歳以下のおなごが引っ越してきてくれたら金を出せるんや」

「僕も辛いんですけど、東京に帰らないわけにはいかないんです。わかってください」

「氷川先生みたいなええ先生、逃がしたくないいんや」

役所の関係者が泣きだすと、周りにいた病院スタッフも嗚咽《おえつ》を漏らした。

卓は八重への想《おも》いを延々と呟《つぶや》き、孝義夫妻に慰められている。五十嵐は梅酒を呷《あお》りつつ、藤堂への愛を叫んでいる。

氷川にとって送別会は忍耐が必要な修業の場だったが、楽しい一時でもあった。今まで経験した送別会の中で一番心が和んだ送別会だ。


晴れ渡った翌日、氷川の目は朝から潤みっぱなしだ。丸不二川田病院の正面玄関には丸不二川田院長や孝義、律子《りつこ》、主だったスタッフが並んでいる。そのうえ、付近の住人が全員、氷川と卓の見送りに集まってくれた。

卓の車には付近の住人から贈られた紀州《きしゅう》名物の梅干しや梅酒、氷川が好きな金山寺味《きんざんじみ》噌《そ》、みかんやりんご、白菜や大根やカブ、ありとあらゆるものでいっぱいだ。車に詰め込めなかった白米や小豆の農産物は宅配便で送られることになった。

氷川と卓のポケットは入院患者から差し込まれた饅頭《まんじゅう》と煎餅《せんべい》で膨れ上がっている。そのうえ、氷川と卓の上着は患者の涙でぐしょぐしょだ。

「行ってしまうんやな」

丸不二川田院長が寂しそうにポツリと漏らすと、周りにいたスタッフたちがいっせいに声を上げて泣きだした。近所の住人たちはさらに激しく泣きだす。

「お世話になりました」

氷川が卓とともに腰を折ると、丸不二川田院長をはじめ丸不二川田病院側の面々も深々とお辞儀をした。

「こちらこそ、お世話になった。氷川先生は丸不二川田病院の救世主や」

「八重さんの一回忌、寄せていただく予定です。ショウくんや吾郎《ごろう》くん、信司《しんじ》くんも八重さんのお墓参りをしたいと言っています。その際にはよろしくお願いします」

氷川が涙を堪《こら》えて言うと、丸不二川田院長は穏やかに微笑《ほほえ》んだ。

「おおきに。いつでも来てや。いつでも歓迎するさかい」

「ありがとうございます」

「氷川先生、卓ちゃん、この先どんなことがあっても、和歌山の片隅に氷川先生と卓ちゃんの故郷があることを忘れんでや。どうか故郷やと思うてな」

丸不二川田院長が哀愁を漂わせて言うと、孝義も涙声で続けた。

「人生はどこでどうなるかわからへん。もし万が一、氷川先生と卓ちゃんが犯罪者になってもここは受け入れる。借金取りやヤクザに追われても受け入れるさかい安心して来てや」

氷川は今までこんなに不便なところに住んだことはなかったが、こんなに優しい土地も知らない。こんなに好きになった土地も、こんなに好きになった病院もなかった。離れがたいが、残るわけにはいかない。東京には愛《いと》しい男がいる。

眞鍋組が追われるような形で解散したら、みんなでここに住むのもいいよね、と氷川は心の中で清和に語りかけた。

再度、氷川と卓は一礼する。

そして、卓がハンドルを握って丸不二川田病院を後にした。

一本道の走行を妨害されてはいない。それなのに、卓は和歌山駅のほうではなく横道に進む。

「卓くん、どこに行くの？」

車は鬱蒼《うっそう》とした森の中を突き進んでいるような気がしないでもない。道らしき道はあるが、どことなく獣道に近く、茂みの中に野生のタヌキの親子を見つけた。そのうち、野生のイノシシも突進してきそうな雰囲気だ。

「二代目がいらしています」

一瞬、卓が何を言ったのか理解できず、氷川は目を丸くして聞き返した。

「……え？」

「二代目、本当なら和歌山に来る暇はありません。そのために徹夜三日目だそうです」

卓の声音から察するに、清和はブラック企業並みのハードスケジュールをこなしているようだ。

「徹夜三日目？」

「二代目、祐《たすく》さんの制止を振り切って和歌山に来たそうです」

スマートな参謀は清和の和歌山行きを承諾しなかったという。不夜城の状態が芳《かんば》しくないに違いない。

「うわ……祐くん、怒っているよね」

車内には卓が発散させた祐への恐怖が充満している。

「俺、祐さんと会うのが怖い……いえ、そういうわけです。荷物は俺が運びますから、姐さんは何も持たずに降りてください」

卓が車を停めたのは、手つかずの自然の中にポツンとある原っぱだ。氷川は車窓の向こう側にヘリコプターを見つけ、見間違いではないかと自分の目を疑った。こんな場所にヘリコプターがあるはずない。キツネかタヌキの仕業だろうか。

「……え？　ヘリコプター？　これはキツネやタヌキの悪戯《いたずら》？　最後の最後でキツネとタヌキに悪戯されちゃった？」

氷川は惚《ほう》けた顔で固まったが、卓は素早い動作で後部座席のドアを開ける。

「姐さん、キツネやタヌキはもう忘れてください」

きつい風により、枯れ葉と砂埃《すなぼこり》が舞い上がり、どこからともなく野生動物の咆哮《ほうこう》が響いてきた。

「……清和くん？」

氷川が車から降りると、ヘリコプターからアルマーニの黒いスーツに身を包んだ清和が現れる。地獄の使者でもなければ池のお使いでもないし、キツネやタヌキが化けた清和でもない。正真正銘、氷川が愛してやまない男だ。

「清和くん？　清和くんだね？」

氷川は愛しい男の胸に勢いよく飛び込んだ。ドロン、と煙とともに愛しい男は消えたりしない。

「遅い」

清和はいつもより低い声で氷川を詰《なじ》った。

「ごめん」

「もう少し遅かったら襲撃していた」

清和の表情はこれといって変わらないが、ヘリコプターの中には散弾銃が見えた。氷川は驚愕《きょうがく》と恐怖で身体《からだ》が竦《すく》む。

「……な、なんてものを」

敵には容赦がないと畏怖《いふ》されているヤクザに相応《ふさわ》しい凶器かもしれないが、氷川にはどうしたって受け入れられない。

「俺はヤクザだ」

以前の清和ならば極力、氷川に凶器は見せないようにしたはずだ。今回、何かが確実に変わった。

「……うん」

「俺からお前を奪う奴は容赦しない」

清和には丸不二川田病院に対する鬱憤《うっぷん》が溢《あふ》れている。本気で散弾銃を向けるつもりだったのだろうか。

「わかってる。わかってるけど……」

氷川が長い睫毛《まつげ》に縁取られた瞳《ひとみ》を揺らすと、ヘリコプターの操縦席からヒステリックな叫び声が響いた。

「ああ、ああ、そこの家出娘、本当にもう手間をかけさせてくれるわね。こっちは清和お坊ちゃまを宥《なだ》めるのが大変だったのよ。バズーカ砲を阻止したアタシを褒めてちょうだい。梅酒ケーキや和歌山ラーメンぐらいでアタシの機嫌が直ると思わないでね」

久しぶりのサメのオカマ声が、氷川の脳天を直撃する。

「バズーカ砲？」

バズーカ砲がいかなるものか、氷川はきちんと把握している。金を積めばバズーカ砲が手に入ることも知っていた。

「家出娘、時間がないの。飛ぶわよ。無事に辿《たど》り着《つ》くことを祈ってちょうだい。アタシ、ヘリの操縦はとってもご無沙汰《ぶさた》なのよう。もともとヘリの操縦は欲求不満の清和お坊ちゃまより苦手よぅ。アタシになんてことをさせるのよぅ。ヘリの操縦と比べたら清和お坊ちゃまの下半身管理のほうがまだ得意よぅ」

サメは不吉なことを言ったが、氷川や清和はヘリコプターの操縦ができない。もはやサメに任せるしかないのだ。

卓は車から離れず、氷川と清和が乗り込んだヘリコプターに頭を下げている。彼は車で東京に向かうのだ。

「ここでヘリが落ちたら洒落《しゃれ》にならない」

清和が仏頂面《ぶっちょうづら》で言うくらいだから、サメの操縦技術には問題があるのかもしれない。

だが、氷川はにっこりと微笑んだ。

「ここで清和くんと一緒に逝くのはそんなに悪い死に方じゃないよ」

八重の安らかな最期を見たからか、ふとそんなことを思ってしまった。清和に先立たれるのはいやだ。清和をこの世に残すのもいやだ。行き先が地獄であれ、どこまででも一緒に行きたい。

「そうだな」

清和が照れくさそうに口元を緩めたので氷川の胸が高鳴る。

氷川が愛しい男のそばにいる幸福を実感するのはこれからだ。愛しい男に幸福を与えるのもこれからである。

氷川は愛しい男の隣で心の故郷となった地に別れを告げた。

あとがき

講談社X文庫様では三十四度目ざます。キツネとタヌキの化かし合いに巻き込まれたような樹生《きふ》かなめざます。

さて、紀州《きしゅう》は樹生かなめの血と肉なる地ざます。アタクシの出身地はアタクシが生まれる前から過疎化に苦しんでいます。にっこり微笑《ほほえ》んだだけで土地を貸してくれるとか、そんなお話も聞きましたとも。

いつまでこの仕事をさせていただけるのか、いざとなれば過疎化に苦しむ故郷に戻り、野生動物と仁義なき戦いを繰り広げながら田畑を耕して……なんてことも考えないでもないですが、いかんせん、足腰が弱くて（号泣）。体力も腕力もなくて（号泣）。車の運転もできなくて（号泣）。車の運転をしてくれるダーリンもいなくて（号泣）。きっとすぐにキツネやタヌキに悪戯《いたずら》され、尻尾《しっぽ》を巻いて逃げ帰るでしょう。

ええ、キツネとタヌキざます。特に耳にしたのはキツネざます。

大正生まれの親戚のみならず母まで、キツネに化かされた話を真実のように語りますのよ。それはただ単に道に迷っただけじゃないの、それは単に変な人じゃないの、というアタクシのツッコミは無視されました。

この世に本当にキツネちゃんやタヌキちゃんのあれこれがあるなら、どうかこの愛の迷宮ならぬ龍《りゅう》&Dr.《ドクター》シリーズをひとりでも多くの読者様に手に取っていただけるようにしてくださいませ。

キツネちゃんとタヌキちゃんにそんな切実なお願いをしてしまうところです。

担当様、一緒にコンコンキツネちゃんに……ではなく、ありがとうございました。深く感謝します。

奈良《なら》千春《ちはる》様、一緒にコンコンキツネちゃんとポンポンタヌキちゃんにおいなりさんと日本酒を持って……ではなく、癖のある話に今回も素敵《すてき》な挿絵をありがとうございました。深く感謝します。

読んでくださった方、ありがとうございました。再会できますように。

キツネ話とタヌキ話に呆《あき》れた樹生かなめ

『龍《りゅう》の禍福《かふく》、Dr.《ドクター》の奔放《ほんぽう》』、いかがでしたか？
樹生《きふ》かなめ先生、イラストの奈良千春《ならちはる》先生への、みなさまのお便りをお待ちしております。
樹生かなめ先生のファンレターのあて先
〒112-8001　東京都文京区音羽2-12-21　講談社　文芸シリーズ出版部「樹生かなめ先生」係
奈良千春先生のファンレターのあて先
〒112-8001　東京都文京区音羽2-12-21　講談社　文芸シリーズ出版部「奈良千春先生」係

N.D.C.913　255p　15cm

樹生かなめ（きふ・かなめ）
血液型は菱型。星座はオリオン座。
自分でもどうしてこんなに迷うのかわからない、方向音痴ざます。自分でもどうしてこんなに壊すのかわからない、機械音痴ざます。自分でもどうしてこんなに音感がないのかわからない、音痴ざます。自慢にもなりませんが、ほかにもいろいろとございます。でも、しぶとく生きています。
樹生かなめオフィシャルサイト・ROSE13
http://homepage3.nifty.com/kaname_kifu/

講談社X文庫

white heart

龍《りゅう》の禍福《かふく》、Dr.《ドクター》の奔放《ほんぽう》

樹生《きふ》かなめ

●

2015年2月3日　第1刷発行

定価はカバーに表示してあります。

発行者──鈴木　哲
発行所──株式会社　講談社
東京都文京区音羽2-12-21 〒112-8001
電話　編集部 03-5395-3507
販売部 03-5395-5817
業務部 03-5395-3615
本文印刷─豊国印刷株式会社
製本──株式会社国宝社
カバー印刷─半七写真印刷工業株式会社
本文データ制作─講談社デジタル製作部
デザイン─山口　馨

ISBN978-4-06-286855-6